Nawal el Saadawi
Kein Platz im Paradies

editon **CON**

Nawal el Saadawi

Kein Platz im Paradies

Kurzgeschichten

ins Deutsche übertragen
von
Karina Of

Die Deutsche Bibliothek – CIP-Einheitsaufnahme

Sa'dāwï, Nawāl as–:
Kein Platz im Paradies : Kurzgeschichten / Nawal el Saadawi.
Aus dem Engl. von Karina Of. – Bremen : Ed. CON, 1993
  ISBN 3–88526–159–6

Umschlagmotiv: Pierre Bonnard „La terrasse de Vernon",
um 1928,Kunstsammlung Nordrhein-Westfalen,Düsseldorf
Lektorat: Reinhard Pogorzelski
Herstellung: Fuldaer Verlagsanstalt, Fulda
© 1987 by Nawal el Saadawi
© 1987 für die englische Übersetzung by Shirley Eber
  Englische Ausgabe 1987 bei Methuen, London
  Titel der englischen Ausgabe: „She has no place in paradise"
© 1992 für die deutschsprachige Ausgabe:
  edition CON im CON Literaturvertrieb GmbH, Bremen
Alle Rechte vorbehalten
Printed in Germany
ISBN 3-88526-159-6

Sie war die Schwächere

Nur der Mittelfinger seiner rechten Hand, kein anderer Finger war geeignet. Der kleine Finger war länger als er sein sollte, der Daumen zu dick. Der Nagel seines Zeigefingers war abgestorben, nachdem er von einer Hacke zerquetscht worden war. Und der Fingernagel war wichtig, wichtiger vielleicht als der Finger selbst, denn der Nagel würde den Weg freimachen. Er hatte seine Mutter angefleht, ihm zu gestatten, etwas anderes zu benutzen, etwas Härteres, ein spitzes Bambusstöckchen zum Beispiel. Doch die Mutter versetzte ihm mit ihrer kräftigen Hand einen heftigen Stoß gegen die Schulter; er fiel, lag bäuchlings auf dem Boden und konnte, statt vor Wut auszuspucken, nur die Erde mit seiner Zunge lecken, während er die großen Füße seiner Mutter sich festen Schrittes entfernen sah, wobei ihr mächtiger, muskulöser Körper die Erde erzittern ließ und ihre langen, knochigen Finger die Hacke umklammerten, die sie mühelos wie einen trockenen Getreidehalm in die Höhe schwang und auf die Erde sausen ließ, daß die aufbrach wie eine Wassermelone.

Stark wie ein Ochse war sie. Auf ihrem Kopf trug sie schwerere Lasten als ein Esel. Sie knetete trögeweise Teig, fegte, kochte, hackte, trug Kinder aus und gebar sie, aber nichts an ihr wurde je müde oder matt. Doch obwohl sie seine Mutter war, sie ihn aus ihrem Fleisch hervorgebracht und er von ihrem Blut getrunken hatte, so hatte sie doch die gesamte Kraft für sich behalten und ihm nichts vererbt als Häßlichkeit und Schwäche.

Dies heftige Verlangen, sich an seine Mutter zu klammern, seinen Kopf an ihre Brust zu lehnen und den Geruch ihres Körpers einzuatmen, hatte nichts mit Liebe zu tun. Er wollte noch einmal mit ihr verschmelzen, damit sie ihn noch einmal gebären könnte: diesmal mit kräftigeren Muskeln. Er wollte mit ihrem Atem etwas von ihrer Stärke einsaugen. Wenn er sie küßte, wollte er sie nicht etwa küssen, sondern in sie hineinbeißen, um sich ihr Muskelfleisch Stück für Stück einzuverleiben. Aber das konnte er nicht. Alles, was er konnte, war, sein Gesicht in ihrem Schoß zu verbergen und sie zu hassen. Manchmal weinte er, manchmal rannte er davon. Einmal schlich er unbemerkt in der Abenddämmerung vom Feld und lief blindlings, den Saum seiner *Galabia* zwischen die Zähne geklemmt, immer weiter, bis er an einen ihm völlig unbekannten Ort kam. Dunkelheit umgab ihn von allen Seiten, in der Ferne hörte er das Heulen eines Wolfes, und so machte er auf dem Absatz kehrt und rannte zurück nach Hause. Ein anderes Mal stahl er eine Fünf-Piaster-Münze aus der Tasche seiner Mutter und fuhr mit der Delta-Bahn in ein Dorf, dessen Namen er nicht kannte. Ziellos streifte er durch die Gassen, bis sein Magen knurrte und seine Fußsohlen brannten. Also kaufte er eine Fahrkarte und nahm den nächsten Zug zurück in sein Dorf. Einmal stahl er ein Zehn-Piaster-Stück und suchte heimlich den Dorfbader auf. Atemlos stand er vor ihm.

– Sag schon, Junge. Was willst du?

Er versuchte, seine trockene Zunge vom Gaumen zu lösen, während er die Hände in seiner *Galabia* verbarg.

– Meine Finger...

– Was ist mit ihnen?

– Sie können einfach eine Hacke nicht so fest umklammern wie die meiner Mutter.

Der Mann knuffte ihn in die Schulter.

– Das ist eine Schande, Junge. Geh heim zu deiner Mutter und sag ihr, sie soll dir ein Pfund Fleisch zu essen geben, und du wirst so stark wie ein Pferd.

Er weinte so lange im breiten Schoß seiner Mutter, bis sie ihm ein Stück Fleisch kaufte. Gierig verschlang er es, trank und rülpste und fühlte, wie eine wohlige Wärme durch seine Finger zog. Er spannte und streckte sie, er krümmte und spreizte sie und war glücklich über die Kraft, die er auf einmal in ihnen hatte. Doch dann wurden ihm die Lider schwer, er schloß die Augen und fiel in einen tiefen Schlaf. Als er zwei Tage später erwachte, lief er hinaus ins Freie und merkte, daß ihn die durch das Fleisch verliehenen Kräfte wieder verlassen hatten.

Aber er mußte eine Lösung finden. In seinem Kopf arbeitete ein Verstand. Er war der klügste Mann im ganzen Dorf. Er las den anderen die Zeitung vor, schrieb Briefe für sie, löste ihre Probleme und hielt das Freitagsgebet, wenn der *Imam* nicht da war. Doch sein Verstand und seine Intelligenz nützten ihm nichts. In ihren Augen galt nur der als richtiger Mann, der einen kräftigen Körper besaß, mochte er auch das Hirn eines Maulesels haben.

Sein Gehirn arbeitete, doch seine Muskeln blieben schlaff. Die Zeit verrann. Der verhängnisvolle Tag rückte immer näher, und was er auch versuchte, es war alles vergeblich. Er verriegelte die Tür des Hinterzimmers und trainierte seine Muskeln. Er spannte seine Finger an, krümmte und spreizte sie, bis sie knackten. Jede Nacht übte er. Manchmal ballten sie sich zu einer Faust, dann wieder verdrehten sie sich und hingen schlaff herunter...

Schließlich war es so weit. Er hörte, wie seine Mutter vor Tagesanbruch den Wohnraum fegte und putzte und wie sie Holzbänke vor das Haus schleppte. Er stellte sich schlafend, stellte sich tot, doch seine Mutter knuffte ihn so in die Schulter, daß er mit einem Satz auf die Füße sprang. Scharen von Menschen sammelten sich im Innenhof des Hauses: Männer mit Stöcken, die spielten und tanzten; Frauen in farbenfrohen Gewändern, die sangen und trällerten und ihn mit etwas bewarfen, das ihn wie Nadeln in den Nacken stach. Als wäre er mit seinen neuen, die Füße wundscheuernden Halbschuhen aus gelbem Leder am Boden festgenagelt, stand er da. Mit verkrampften Fingern zerrte er an der neuen *Kuffiya*, die um seinen Hals geschlungen war und mit der er sich gewiß erdrosselt hätte, wären seine Muskeln nicht so weich wie Teig gewesen. Seine Beine bewegten sich nicht, doch er wurde von hinten, von links und von rechts herumgeschubst und schwankte hin und her, als ob er mit den Tanzenden tanzte und mit den Herumwirbelnden herumwirbelte... bis er sich an der Schwelle zum Wohnzimmer wiederfand. Als er den Kopf hob, fiel sein Blick auf ein merkwürdiges Etwas: ein Ding, dessen obere Hälfte mit einem großen roten Tuch bedeckt war und dessen untere Hälfte aus zwei dünnen, nackten Beinen bestand. Neben jedem Bein hockte eine Frau und hielt es fest mit kräftigen Armen, aus denen dicke Adern hervorquollen.

Verwirrt blieb er auf der Schwelle stehen. Sein Mund versuchte sich zu einem Schrei zu öffnen, doch es kam nichts heraus als Speichel, der sich warm und weich von seinem Mundwinkel hinabschlängelte wie die Schwanzspitze einer harmlosen Schlange.

Wieder spürte er kräftige Hände wie die seiner Mutter, die gegen seine Schulter stießen und ihn niederdrückten, bis er sich setzte. Er fühlte sich ein bißchen erleichtert, als er mit dem Hintern auf dem gewischten, feuchten Boden saß, und er verharrte in dieser Position mit geschlossenen Augen und wie betäubt. Doch ein neuer Stoß gegen seine Schulter ließ ihn die Augen öffnen und bemerken, daß er genau vor den gespreizten Beinen saß. Er wandte sein Gesicht ab und gewahrte aus den Augenwinkeln, daß sich hinter ihm im Hof die Männer und Frauen versammelt hatten, Trommeln schlugen und Flöte spielten, tanzten oder dastanden und warteten. Sie rissen die Augen auf und stierten voll gespannter Ungeduld auf die Tür des Wohnraums. Nein, er würde ihnen keinen Skandal bieten. Er war doch nicht dumm. Er war der klügste Mann im ganzen Dorf... er las ihnen die Zeitung vor, schrieb ihre Briefe und hielt die Predigt, wenn der *Imam* nicht da war. Er mußte hoch erhobenen Kopfes zu ihnen hinaustreten, so wie alle Männer des Dorfes einschließlich des schwachsinnigen, stotternden und sabbernden Jungen...

Er streckte seine rechte Hand aus und stieß seinen Finger zwischen die Beine. Aber sein Arm zitterte, und das Zittern übertrug sich auf den Finger, der herabbaumelte wie der Schwanz eines toten Hündchens...

Er gab nicht auf. Verzweifelt versuchte er es wieder und wieder. Der Schweiß rann ihm in Strömen die Gesichtsfalten hinunter in den Mund; er leckte ihn mit der Zunge weg und blickte verstohlen auf die zwei neben ihm kauernden Frauen. Jede von ihnen drückte mit zur Wand gekehrtem Gesicht ein Bein nieder, vielleicht, weil sie zu höflich waren, sich eine solche Szene anzusehen oder zu gleichgültig, weil sie das schon viele Male miterlebt hatten, oder vielleicht auch, weil sie sich nicht zu Kontrolleuren der Potenz eines Mannes an seinem Hochzeitstag machen wollten, oder weil sie zu beschämt, zu besorgt oder wer weiß was waren. Wichtig für ihn war nur, daß sie ihm nicht zusahen.

Vorsichtig wandte er seine Augen zur Tür, wo ein Teil der Menge stand und ihn beobachtete. Aus den Augenwinkeln nahm er wahr, daß der alte Mann, der Vater der Braut, an der Schwelle stand und seinen Blick nervös und ängstlich zwischen der Tür des Wohnzimmers und den Gesichtern der Gäste hin und her huschen ließ.

Er rieb sich zuversichtlich die Hände. Niemand kannte die Wahrheit. Die Frauen hatten nur die Wand angestarrt und der, den es betraf, war ganz von seiner Sorge um die eigene Ehre in Anspruch genommen...

Niemand kannte die Wahrheit... nur sie. Sie? Wer war sie? Er kannte sie nicht, hatte sie nie zuvor gesehen, hatte nicht ihr Gesicht, ihre Augen, nicht ein einziges Haar auf ihrem Kopf gesehen. Hier sah er sie zum ersten Mal, doch er sah keine Braut, sah keinen Menschen, sondern nur ein großes rotes Tuch, unter dem zwei einzelne Beine herausragten wie die einer gelähmten Kuh. Doch hier lag sie und stellte seine Schwäche bloß. Wie eine Schlinge erstand sie vor ihm, die sich um seinen kraftlosen Körper zog, der jämmerlich versagt hatte, und er haßte sie ebenso wie seine Mutter. Am liebsten hätte er sie mit seinen Zähnen in Stücke gerissen oder sie mit Säure übergossen und sie verbrannt.

Der Haß gab ihm seinen Verstand und seinen Stolz zurück. Mißfällig spuckte er auf den Boden und schürzte verächtlich die Lippen. Er nahm allen Mut zusammen, stand langsam auf und wandte sich mit hoch erhobenem Kopf und baumelndem Taschentuch der Tür zu. Mit langsamen und selbstsicheren Schritten näherte er sich dem alten Mann, warf ihm einen vernichtenden Blick zu und schleuderte ihm dann das Taschentuch ins Gesicht. Es war so sauber, so makellos rein wie zuvor. Kein einziger Tropfen roten Blutes hatte es befleckt.

Der Brautvater senkte beschämt die Augen. Seine Schultern fielen nach vorn, bis sein Kopf auf die Brust sank. Von allen Seiten eilten Männer auf ihn zu, um ihn zu trösten und zu stützen, dann wandten sich alle der Tür des Wohnraums zu, bereit...

Die Braut erschien an der Türschwelle; den kleinen Kopf unter dem roten Tuch niedergeschlagen gesenkt, wurde sie von allen Seiten mit brennenden und anklagenden Blicken beworfen...

Verfahren eingestellt

Mit starrem Blick saß er auf einem Stuhl, vor sich eine dicke, aufgeschlagene Akte. Die Wände des großen Saales waren weiß gestrichen, von der hohen Decke hing ein Kronleuchter aus Kristall. Auf dem mit grünem Tuch bespanntem Tisch standen in einem Halbkreis mehrere Kaffeetassen, in der Mitte eine größere Tasse mit einer dicken Schicht Kaffeesatz, dicker als in den anderen Tassen. Die mit Eiswasser gefüllten Gläser waren mit Wassertröpfchen beschlagen. Die Klimaanlage summte in seinen Ohren wie eine emsige Biene; laute, rauhe Stimmen; nickende Köpfe, runde Schatten auf den Wänden und mitnickende Lichtreflexe auf kahlen Köpfen. Vor der größten Tasse mit der dicken Schicht Kaffeesatz saß ein massiger Körper mit weißhaarigem Kopf. Wandte er sich nach rechts, bewegten sich auch die anderen Köpfe nach rechts und mit ihnen die runden Schatten auf den Wänden; wandte er sich nach links, bewegten sich auch die anderen Köpfe nach links und mit ihnen die runden Schatten auf den Wänden. Zigarettenrauch stieg hoch und tanzte in kleinen Ringen, die von größeren geschluckt wurden, um den Kronleuchter.

Während er so auf seinem Stuhl saß, traf plötzlich der Name Medhat Abd al-Hamid wie ein spitzer Stein sein Ohr. Die vom Kaffee feucht glänzenden Lippen öffneten sich und legten rauchvergilbte Zähne frei. Medhat Abd al-Hamid ist ein vorbildlicher Zeitgenosse. Der weißhaarige Kopf nickte, und die glänzenden kahlen Köpfe nickten ebenfalls...

Er versuchte, seinen Mund zu öffnen, die Zunge zu lösen, aber seine Lippen blieben geschlossen, und die trockene Zunge ließ sich nicht bewegen. Eine eigenartige Bitterkeit haftete wie Klebstoff in seiner Kehle. Er kannte die Geschichte von Medhat Abd al-Hamid; sie stand in der vor ihm liegenden Akte. Aber sollte er sprechen?

Er befeuchtete seine Lippen mit etwas Eiswasser und spürte, wie rauh hinten im Hals seine Kehle war. Welchen Sinn hatte es, den Mund zu öffnen und etwas zu sagen? Keiner sah zu ihm hin. Zuweilen redeten sie in einer Sprache, die er nicht verstand. Ihre Hände waren weiß, ihre Fingernägel sauber und gepflegt, ihre gestärkten Kragen steif wie Karton. Sie lachten und machten Scherze; ihm jedoch war nicht nach Lachen zumute, obwohl es ihm sonst leicht fiel zu lachen, im Büro mit seinen Kollegen oder zu Hause mit seiner Frau. Doch diese Leute waren Männer mit Einfluß. Ihre Blicke gaben ihm zu verstehen, daß er zu schweigen hatte, gaben ihm das Gefühl, daß er einer niedrigeren Klasse angehörte.

Der Name Medhat Abd al-Hamid aber durchbohrte seinen Schädel wie eine Kugel. Medhat Abd al-Hamid sprengte den Rahmen der bestehenden Regeln. Die feuchte Lippe und die glänzenden Köpfe bewegten sich. Durfte er schweigen? Seine Lippen öffneten sich, um die Worte auszustoßen, die wie Kleister in seiner Kehle klebten. Bitterkeit war tief in sein Inneres eingedrungen, füllte ihn voll aus und lastete so schwer auf Magen und Brustkorb, daß ihm übel war. Doch es war eine wirkungslose Übelkeit, denn sie gab ihm nicht die Kraft, ihn von dem zu befreien, wovon er befreit werden wollte, eine Übelkeit, die nur kuriert werden konnte, wenn er die Luft aus seiner Brust und das Blut aus seinem Herzen herauspreßte, wenn er die in ihm festklebenden Worte hinausstieß. Sein Brustkorb jedoch füllte sich von selbst mit Luft, sein Herz pumpte das Blut an und wieder aus, während seine Kehle an den Worten erstickte, die wie ein Wurm festsaßen.

Er öffnete leicht seinen Mund und stieß ein wenig heißen Atem aus. Konnte er ein paar Worte herausbringen? Hatte es überhaupt einen Sinn, zu sprechen? Sie waren größer als er. Sein Lebensunterhalt hing von ihnen ab. Welchen Sinn hatte es, sich in einen Kampf zu stürzen, den man mit Sicherheit verlieren würde? Welche Bedeutung hat ein Tropfen Wasser im Ozean? Wer war er schon? Der kleine Flicken an seiner Hose war deutlich zu sehen, sein Kragen hing schlaff herunter, seine Hände, die in der Akte blätterten, waren rauh und faltig. Welchen Sinn hatte die Akte?

Welchen Wert hatte eine begrabene Wahrheit? Medhat *Bek* Abd al-Hamid hatte anderen Leuten Geld gestohlen – aber er besaß einen einflußreichen Verwandten. Abd al-Ghaffar *Effendi* hatte den Diebstahl entdeckt – aber er war nur ein kleiner Angestellter. Ermittlungen wurden eingeleitet und zogen sich hin. Der Vertreter der Anklage verschwand, und ein anderer kam. Unterlagen gingen verloren, und neue tauchten auf. Die Untersuchung wurde abgeschlossen und Abd al-Ghaffar *Effendi* des Diebstahls bezichtigt.

Er betrachtete die großen Rauchkringel, die die kleinen schluckten und linderte den bitteren Geschmack in seiner Kehle mit einem Schluck Wasser.

Würde er Abd al-Ghaffar *Effendi* verteidigen können? Er hatte es ihm versprochen, bevor er den Saal betreten hatte. Aber was hatte es überhaupt für einen Sinn, jemanden zu verteidigen? Die Kleinen wurden von den Großen gefressen, im Wasser, zu Lande und in der Luft. Wenn er seinen Mund aufmachte und Abd al-Ghaffar *Effendi* verteidigte, welche Rolle spielte dann Gott?

Er war nur ein zweitrangiger Beamter, hatte eine Frau

und neun Kinder. Monat für Monat schob er es auf, sich einen Anzug zu kaufen; seine Kräfte schwanden, und seine Hosen wurden immer weiter. Und dennoch: Würde er Abd al-Ghaffar nach der Sitzung noch in die Augen blicken können? Würde er den anderen Menschen noch in die Augen sehen können? Sie warteten vor der Tür des Saales auf ihn, weil er ihnen versprochen hatte, die Wahrheit zu sagen. Seine Hand zitterte vor Verärgerung. Warum erwarteten sie Wunder von ihm? Er war doch kein Gott. Verächtlich schüttelte er seinen Kopf. Und überhaupt, was hatte er von diesen Leuten? Seine Familie war nicht von ihnen abhängig. Alles, was sie aufzubieten hatten, waren vorwurfsvolle und geringschätzige Blicke.

Und was konnten ihm vorwurfsvolle und geringschätzige Blicke schon anhaben? Sie konnten ihm nicht das Brot vom Mund wegschnappen. Und warum sollte er allein derjenige sein, der die Wahrheit sagte? Warum machten sie nicht den Mund auf? Warum schrien sie nicht? Warum revoltierten sie nicht? Sie waren viele, sie waren die Mehrheit, doch sie waren zersplittert und uneins. Ein dünnes Bambusstöckchen schüchterte sie ein, ein honigsüßes Wort erfreute sie.

Er griff nach der Kaffeetasse und trank einen Schluck. Der Name Abd al-Ghaffar *Effendi* drang an sein Ohr. Als ginge es um den letzten Dreck, spuckte die feuchte Lippe aus: Einem kleinen Angestellten, der seinen Chef betrügt, so einem kann man doch nicht trauen, der hat doch keinen Stammbaum, so einer ist in den Gassen aufgewachsen.

Das Blut schoß in seinen Kopf. Was hatten Gassen mit Diebstahl zu tun? Auch er war in den Gassen aufgewachsen. Auch er hatte keinen Stammbaum. Und weder hatte er Verwandte in wichtigen Positionen noch einen einzigen mit Einfluß. Aber er hatte niemals gestohlen. Dreißig

Jahre waren seit seiner Einstellung vergangen, und er hätte stehlen können, wenn er es gewollt hätte. Er hatte anderer Leute Geld in den Händen gehabt, und als sein jüngster Sohn erkrankt war und er sich verschuldete, hatte der Satan ihn einen Augenblick lang in Versuchung geführt; doch er hatte Zuflucht bei Gott gesucht und diesen Gedanken aus seinem Sinn verbannt.

Er fragte sich, warum Medhat *Bek* Abd al-Hamid eigentlich gestohlen hatte. Er besaß doch zwei Autos und ein Haus und hatte nur zwei Kinder. Vielleicht, Gott behüte, war er krank. Oder er war einfach nur habgierig.

Die Stimmen um ihn herum erstarben. Er hob den Kopf und sah, wie der weißhaarige Schädel sich bewegte, wie die weiche, weiße Hand zur Feder griff und das Urteil schrieb: Medhat Abd al-Hamid, unschuldig. Seine Augen waren auf die Spitze des Federhalters geheftet, und er öffnete den Mund, als ob er keuchte. Er vernahm seine eigene Stimme wie ein Röcheln: Eine Minute, Euer Ehren.

Die dicken Leiber lehnten sich träge in ihre Ledersessel zurück. Kringel umspielten wie Lächeln die feuchten Lippen...

Er fuhr mit der Hand in seine Hosentasche, zog ein Taschentuch heraus und wischte sich den Schweiß von der Stirn. Er hörte, wie eine rauhe, vertraute Stimme sagte: Schreiben Sie: Verfahren eingestellt.

Durst

Der Asphalt der Straße unter ihren Füßen war in der brütenden Sonnenhitze aufgeweicht. Er brannte wie geschmolzenes Eisen, so daß sie von einem Bein aufs andere hüpfte und wie eine kleine Motte über dem Schirm einer brennenden Lampe mal hier anstieß, mal dort gegenprallte. Sie hätte ja auf den schattigen Straßenrand zusteuern können, um sich dort eine Weile auf die feuchte Erde zu setzen, aber sie hopste mit dem Einkaufskorb am Arm und einem zerfledderten Fünfzigpiasterschein, den ihre rechte Hand umklammerte, weiter. Um nicht zu vergessen, was sie auf dem Markt einkaufen mußte, murmelte sie die Liste unablässig vor sich hin... ein halbes Kilo Fleisch zu fünfunddreißig Piaster, ein Kilo Zucchini, fünf Piaster, ein Kilo Tomaten, sieben Piaster, bleiben drei Piaster... ein halbes Kilo Fleisch zu fünfunddreißig Piaster, ein Kilo Zucchini, fünf Piaster, ein Kilo Tomaten, sieben Piaster, bleiben drei Piaster... ein halbes Kilo Fleisch...

Sie hätte ohne Unterbrechung so weitergemacht, wie sie es jeden Tag auf ihrem Weg zum Markt tat, doch auf einmal fiel ihr etwas ganz Erstaunliches auf, etwas völlig Unfaßbares. Vor Überraschung vergaß sie den heißen Asphalt, blieb stehen und starrte geradeaus, Augen und Mund weit aufgerissen. War das nicht Hamida, die dort vor dem Kiosk stand, eine Flasche eisgekühlte Limonade in ihrer Hand hielt, sie an die Lippen führte und aus ihr trank?

Auf den ersten Blick war sie nicht sicher, ob es Hamida war. Sie sah sie nur von hinten vor dem Kiosk stehen und konnte einfach nicht glauben, daß sie es wirklich war. Vielleicht war es ja eines jener Mädchen, die sie jeden Tag am Kiosk stehen und Limonade trinken sah, Mädchen aus angesehenen Familien, die mit Bällen und Springseilen spielten, die zur Schule gingen und nicht in einem Haushalt arbeiteten, Mädchen wie Suad und Mona und Amal und Mervat und all die Freundinnen ihrer jungen Herrin Suhair.

Sie kam zu dem Schluß, daß es nur eines jener Mädchen sein konnte und wollte schon weitergehen, als sie den Einkaufskorb bemerkte. Er hing am Arm des vor dem Kiosk stehenden Mädchens. Sie wollte ihren Augen nicht trauen, schaute genauer hin und entdeckte, daß im Nakken unter dem weißen Kopftuch krause Haarlocken heraushingen. Das war zweifelsohne Hamidas Kopftuch, und der Arm, an dem der Einkaufskorb baumelte, war ihr Arm. Aber konnte es wirklich Hamida sein?

Sie betrachtete sie eingehend von hinten und sah die rissigen Fersen, die aus einem Paar grüner Plastiksandalen herausschauten. Das waren tatsächlich Hamidas Sandalen und auch ihre Fersen. Dennoch konnte sie es noch immer nicht glauben und begann, sie von allen Seiten, von rechts und von links, mit prüfenden Blicken zu mustern. Und mit jedem Blick entdeckte sie etwas, das eindeutig zu Hamida gehörte – ihr gelbes Leinengewand mit dem kleinen Riß seitlich über der linken Brust, einen angelaufenen Ohrring an ihrem rechten Ohr, die tiefe Narbe von einer alten Wunde an ihrer rechten Schläfe. Ja, es war wirklich und wahrhaftig Hamida und nicht etwa ein anderes Mädchen. Sie blieb stehen und beobachtete sie weiter...

Hamida stand vor dem Kiosk. In ihrer rechten Hand hielt sie eine Limonadenflasche, auf deren Oberfläche durchsichtige Wassertröpfchen schimmerten. Sie trank nicht hastig, wie jene anderen Mädchen es taten, sondern sehr, sehr langsam. Ihre Finger umklammerten die Flasche, um die Kühle auszukosten; sie hielt sie eine Minute lang fest, hob sie langsam an den Mund, bis er sie berührte, strich dann mit ihrer Zunge über die Flasche, um die Wasserperlen abzulecken. Dann hob sie ein wenig den Arm, setzte die Flasche behutsam an den Mund und ließ nur einen einzigen Schluck der rosafarbenen, eisgekühlten Flüssigkeit hinunterrinnen. Dabei hielt sie den Schluck zunächst eine Weile im Mund zurück, schluckte ihn auch dann nicht auf einmal hinunter, sondern ließ ihn bis zum letzten Tropfen langsam zerrinnen, den Kopf genießerisch ein wenig nach hinten geneigt und den Rücken entspannt an die Holzwand des Kiosks gelehnt...

Sie konnte sich nicht länger zurückhalten. Ohne sich dessen bewußt zu werden, schlich sie immer näher an den Kiosk heran und blieb, vor der Sonne geschützt, in seinem Schatten stehen. Schließlich ließ sie sich auf dem Boden nieder und stellte den Einkaufskorb neben sich ab, während ihre Augen unverwandt das sinnliche Aufeinandertreffen von Hamidas Lippen und dem Flaschenmund beobachteten, die kleinen Schlucke und die langsamen Saugbewegungen und den anschließenden genießerischen Ausdruck und ihre Gelöstheit wahrnahmen. Die heiße Erde brannte ihr durch die abgetragene Baumwoll-*Galabia* auf dem mageren Hintern. Doch sie achtete nicht darauf. Das einzige, worauf sie achtete, war, jeder einzelnen von Hamidas Bewegungen folgen zu können.

Wenn Hamida ihren Kopf nach hinten neigte, neigte auch sie ihren Kopf nach hinten, wenn Hamida ihren Mund öffnete, öffnete auch sie ihren Mund, und wenn Hamida ihre Zunge im Mund kreisen ließ, tat sie es ihr nach... Aber ihr eigener Mund war ausgetrocknet, nicht ein bißchen Feuchtigkeit war darin. Ihre trockene Zunge schabte wie ein Stück Holz im Innern des Mundes entlang. Das Gefühl der Trockenheit breitete sich vom Mund in ihren Brustkorb aus und von dort weiter hinunter bis in den Magen. Es war eine eigenartige, entsetzliche Trockenheit, die sie nie zuvor verspürt hatte, als ob das Wasser plötzlich aus jeder einzelnen ihrer Körperzellen, aus ihren Augen, ihrer Nase und der Haut, in der sie steckte, verdunsten würde, eine Trockenheit, die sich bis in die Adern und das pulsierende Blut ausdehnte. Sie spürte, wie ein Schmerz ihr Inneres durchzuckte, und es kam ihr vor, als wäre ihre Haut so dick, ausgedörrt und rauh wie die einer getrockneten Sardine. Im Mund hatte sie einen salzigen Geschmack, so bitter und brennend wie der einer Aloe. Sie suchte mit der Zungenspitze nach etwas Feuchtigkeit, um die salzigen Lippen zu benetzen, doch die Zunge fand nichts und brannte nur. Und Hamida stand immer noch vor ihr, die Lippen um den Mund der eiskalten Flasche geschlossen, und jede Zelle ihres Körpers saugte das Getränk auf. Hamida trug einen Einkaufskorb an der Hand wie sie auch, trug Sandalen an den Füßen, die aussahen wie ihre eigenen und eine *Galabia* um den Körper, die genauso billig und abgetragen war wie die ihre, und sie arbeitete als Dienstmädchen, genau wie sie.

Ihre Finger, in denen sie den schmuddeligen Fünfzigpiasterschein hielt, lockerten sich ein wenig, und die alte Liste, die sie auswendig gelernt hatte, fiel ihr wieder ein... ein halbes Kilo Fleisch zu fünfunddreißig... ein Kilo Zucchini zu fünf Piaster... ein Kilo Tomaten zu sieben Piaster... bleiben drei Piaster. Eine Flasche Limonade war sehr teuer, kostete drei Piaster. Im vergangenen Jahr hatte sie noch ein Zehntel davon gekostet. Wäre dies hier ein Jahr früher geschehen, hätte sie erwägen können, eine Flasche zu kaufen. Zwar wäre es auch damals nicht gerade billig gewesen, aber sie hätte es deichseln können.

Manchmal kosteten die Zucchini fünf fünfzig und die Tomaten sieben fünfzig; nur das Fleisch konnte nie mehr kosten, weil der Preis festgesetzt war. Die Hausherrin kannte alle festgesetzten Preise, deshalb war es nicht möglich, sie zu beschummeln. Sie wußte sogar, wieviel die verschiedenen Gemüsearten jeweils kosteten, obwohl die Preise sich täglich änderten und mal ein wenig höher, dann wieder etwas niedriger waren, gerade so, als ob sie nachts von Preisen träumte. Vielleicht könnte sie ja beim Preis für die Zucchini und die Tomaten mogeln; doch woher sollte sie den dritten Piaster nehmen? Sie konnte nicht einfach behaupten, daß sie ihn verloren habe, denn die beleibte Dame, die so hart zuschlagen konnte, würde das Spiel sofort durchschauen. Außerdem müßte sie sich der Lüge bedienen, und die Lüge sei der Bruder des Diebstahls, hatte ihre Mutter immer gesagt. Vergreif dich nie auch nur an einem einzigen Piaster, meine Tochter Fatima. Diebstahl, meine Tochter, ist eine Sünde, und Gott wird dich dafür im Höllenfeuer brennen lassen...

Sie fürchtete das Feuer, hatte Angst davor, daß es ihr Haare, Kopf und Körper verbrennen könnte. Wenn schon ein Streichholz ihr so weh tun konnte, wie stark mochte dann erst der Schmerz sein, den sie empfände, wenn ihr ganzer Körper in Flammen stünde? Sie konnte sich ein solches Feuer nicht vorstellen, hatte es weder gesehen noch jemals gespürt. Was sie hingegen fühlte, war die andere Art Feuer, die in ihrem Inneren brannte, ein durch Trockenheit und Durst verursachtes Feuer, ein Feuer, das durch nichts anderes als ein paar Schlückchen aus einer Flasche Limonade gelöscht werden konnte. Der Kiosk war so nahe, daß sie dessen Wände mit der Schulter berühren konnte. Und Hamida stand vor ihr und trank eine Flasche Limonade. Aber wie sollte sie zu drei Piastern kommen? Das einfachste wäre, sie gleichmäßig über

Fleisch, Zucchini und Tomaten zu verteilen, indem sie jeweils einen Piaster mehr rechnete. Die Worte ihrer Mutter waren im Augenblick bedeutungslos für sie. Sie kannte das Feuer nicht, mit dem ihre Mutter gedroht hatte, und sie hatte niemals gesehen, daß ein anderer Mensch darin verbrannt wäre. Vielleicht existierte dieses Feuer ja gar nicht. Und wenn doch, so war es ihr zumindest sehr fern, so fern wie der Tod. Sie wußte nicht, wann sie sterben würde, ja, sie hatte nicht einmal eine Vorstellung davon, daß sie eines Tages sterben mußte.

Sie erhob sich, klopfte den Staub von ihrer *Galabia* und sah zu, wie sich Hamida den letzten Schluck Limonade in den Mund schüttete, wie ihre Lippen die Flasche umklammert hielten und sie nicht loslassen wollten. Als der Mann ihr die Flasche aus der Hand zerrte, gab sie ihr einen langen Abschiedskuß, bevor sie ihren Lippen für immer entschwand. Dann öffnete sie vorsichtig ihre linke Hand und zählte drei Piaster ab...

Sie zitterte ein wenig, als sie an der gleichen Stelle vor dem Kiosk stand, an der zuvor Hamida gestanden hatte. Ein feuchter Lufthauch, der den Geruch von Limonade mit sich trug, wehte ihr aus dem Inneren des Kiosk entgegen. Egal, was danach geschah. Die harten Schläge taten ihr nicht mehr weh, denn sie hatte sich längst an sie gewöhnt. Das brennende Feuer versetzte sie nicht mehr in Schrecken, war es doch weit entfernt. Alle Schmerzen und Ängste dieser Welt waren nichts gegen einen Schluck eiskalter Limonade.

Der Artikel

Die Blutröte stieg langsam in seine Wangen, schoß hinunter in seine Finger und Zehen und nahm die Wärme des in dem großen Ofen lodernden Feuers auf, während der kalte Füller in den von der Wärme geröteten Fingern über dem weißen Blatt Papier kreiste, über den leeren Linien hin und her hüpfte und nichts als Schnörkeleien hervorbrachte.

Er erhob sich von seinem Schreibtisch, ging hinüber zum Ofen, kauerte sich davor nieder und hielt den Füller nah an das Feuer, damit sich dessen kalte Hülle erwärmte. Gefesselt von den züngelnden Flammen, starrte er unverwandt ins Feuer und verspürte eine eigenartige Schlaffheit, wie im Rausch oder in einem noch angenehmeren Zustand. Vor dieser wohligen, sämtliche Glieder durchströmenden Wärme hätte er bis an sein Lebensende verharren können. Aber der Füller in seiner Hand erinnerte ihn daran, daß er noch heute einen Artikel bei der Zeitung abzuliefern hatte. Also raffte er seine ganze Willenskraft zusammen und kehrte lustlos zu seinem Schreibtischstuhl zurück. Er setzte den Füller an und versuchte zu schreiben. Aber die Feder begann von neuem, über das weiße Blatt zu kreisen und kurze, krakelige Linien wie Kakerlakenbeine zu malen.

Unvermittelt führten ihn seine Gedanken in die Kindheit zurück, als er einmal während der Biologiestunde Fühler und Beine eines Kakerlaken zeichnen mußte. Er hatte Kakerlaken und Biologiestunden gehaßt und wäre damals am liebsten über die Mauer gesprungen und von der Schule weggelaufen. Doch der Blick seines Vaters, der ihn über einen Teller voll Spinat hinweg traf, sagte ermahnend: Lerne, mein Sohn, damit du einmal ein so bedeutender Mann wirst wie dein Onkel, der *Bek*. Das Bild seines Onkels stieg vor ihm auf: Wie er mit seiner dicken, weißen Frau aus dem großen, schwarzen Wagen ausstieg, gefolgt von ihrer elegant gekleideten Tochter; wie die drei auf ihr Haus aus rotem Backstein zuschritten und den Kindern, die sich um das Auto geschart hatten, verachtungsvolle Blicke zuwarfen; wie sie sich weiße, seidene Taschentücher vor ihre Nasen hielten, um sich gegen den Staub, der von den ungepflasterten Straßen herüberwehte, zu schützen. Er erinnerte sich, wie eines der Kinder tief aufseufzte und ihm mit ehrfürchtiger Stimme ins Ohr flüsterte: Dein Onkel, der *Bek*!

Seine Antwort war ein unbändig stolzer Blick gewesen, dann war er auf seinen Onkel zugelaufen, hatte seine dreckverschmierte Hand ausgestreckt und atemlos ausgestoßen: Willkommen daheim, Onkel!

Der Füller glitt ihm aus den Fingern und fiel auf den Schreibtisch. Zynisch vor sich hin lächelnd, betrachtete er die Kakerlakenbeine auf dem Papier, die diese Bilder aus ferner Vergangenheit heraufbeschworen hatten und wischte sich die Nase mit seinem weichen Seidentaschentuch, um mit dem männlich-teuren Duft des Parfüms die Geister der staubigen Vergangenheit zu verscheuchen. Als er vom Schreibtisch aufsah und die wertvollen Bilder an den Wänden anstarrte, fiel sein Blick auf das große Portrait seiner Frau. Sein Herz krampfte sich zusammen, als er ihre harten, kalten Züge studierte: die hochmütig nach oben gereckte Nase, die dünnen, verkniffenen Lippen, die er sich nicht vorstellen konnte zu küssen, und die scharfen, stechenden Augen, in deren Blau ein abstoßender Ausdruck kalter Arroganz schimmerte. Er kaute an seinen Lippen und fragte sich, welche Bedeutung ein angenehmes Äußeres für eine Heirat habe und was ihm Khadijas schöne Züge nützten. Er wandte seine Augen von denen seiner Frau ab und blickte wieder auf den Bogen Papier. Er nahm den Füller auf, um die Überschrift des Artikels hinzuschreiben und malte mit großen Buchstaben in die erste Zeile: Unser Weg zum Sozialismus, unterstrich dies dick und überlegte dann, wie er den Artikel beginnen sollte. Seine Finger hielten den Füller so fest umklammert, als wollten sie die Worte aus ihm herausquetschen. Aber der Füller schlängelte und wand sich auf dem Papier hin und her, zog entweder Linien unter die Überschrift oder malte Kakerlakenbeine, während die Finger seiner anderen Hand an seinem Bart oder seinem Schnurrbart herumspielten, bald hier ein Härchen herauszupften, bald dort das Haar zerfurchten...

Er beugte sich vor, schüttelte den Füller ein wenig und setzte die Feder wieder aufs Papier, merkte dann aber, daß er das Blatt mit all den Linien und Kakerlakenbeinen darauf nicht mehr für den Artikel verwenden konnte, zerknüllte es und warf es in den Papierkorb. Als er die Schreibtischschublade öffnete, um einen neuen Bogen herauszunehmen, fiel sein Blick auf ein kleines Buch mit dem Titel *Der Weg zum Sozialismus*, und er nahm es heraus. Hastig schlug er es auf, und beim Lesen trat ein Leuchten in seine Augen, als er spürte, wie ihm das Buch Unbekanntes enthüllte und neue Anregungen gab. Er klappte es zu, warf es zurück in die Schublade, nahm einen Bogen sauberen, weißen Papiers heraus, beugte sich voller Eifer darüber und schrieb: Ich bin ein Fellache, der Sohn eines armen Fellachen...

Er setzte den Füller ab, um sich anzusehen, wie der Satz sich machte. Das Wort ‚arm‘ mißfiel ihm, also strich er es durch und ersetzte es durch ‚mittellos‘. Selbstgefällig lächelnd las er: ...der Sohn eines mittellosen Fellachen. Ja, das Wort klang besser, zeigte es doch den Leuten, daß er ein Mann von untadeliger Abstammung war.

Flammende Begeisterung packte ihn, während ihm die über das Papier fliegende Feder die Armut in Erinnerung rief, sie über alles verherrlichte und seinen Großvätern und seinem Vater grenzenlosen Stolz auf Entbehrung und Not andichtete. Sein leidenschaftlicher Enthusiasmus lüftete ungewollt den Schleier über dem Vorrat schmerzhafter Erinnerungen, der tief in seinem Gehirn vergraben lag. Von dort unten stahlen sich Bilder, die im Unterbewußtsein verborgen gewesen waren, an die Oberfläche: seine Mutter in ihrer staubigen schwarzen *Galabia* und der schwarzen Kopfbedeckung, in das lange Ende ein paar Maiskolben eingewickelt, mit geschwollenen, rissigen Füßen unter einem Metallfußring, die so mühsam und langsam wie die Hufe eines erschöpften Kamels schlurften; und er selbst, wie er, in seiner schmutzigen, abgetragenen *Galabia*, die spitzen Knie an die Brust gezogen, seine Finger durch die Asche im Ofen gleiten ließ, als die erstickte Stimme seines Vaters in seinen Ohren klang: „Er arbeitet mit mir auf dem Feld", und seine Mutter mit müder Stimme antwortete: „Nein, er wird zur Schule gehen". Und ihr Mund öffnete sich zu einem Gähnen, das hinter der Oberlippe ihre vorstehenden Zähne und viel rotes Zahnfleisch freilegte. Sogleich erstanden die vorstehenden Zähne und das rote Zahnfleisch seines gähnenden Onkels vor seinen Augen, wenn der ihn zusammengekauert in der Ecke des großen Wohnzimmers hocken sah, mit bis zu den knochigen Knien hochgerutschter zerlumpter Hose, die trockenen Lippen gegen das Knurren seines leeren Magens zusammengepreßt. Je stärker der Essensgeruch aus der Küche hereinwehte, desto herzhafter gähnte sein Onkel und desto lauter knurrte sein

Magen. Er wandte dann sein Gesicht ab und tat so, als sei ihm der Mund seines Onkels gleichgültig, obwohl er in seinem Herzen einen ohnmächtigen Haß trug auf diesen Onkel, der auf einem weichen Sofa saß und gähnte wie ein prämierter Bulle... und auf dessen Frau, die sich eine Ewigkeit Zeit ließ, bis sie aus der Küche kam, um ihn zum Essen zu rufen, und deren Schenkel beim Gehen aneinanderrieben wie die einer trächtigen Kuh; und auf seinen dummen Vater, der nichts weiter konnte, als die Erde zu hacken; und auf seine Mutter, die ihn in ihrem knurrenden Bauch ausgetragen hatte und ihm nichts als Häßlichkeit und Armut vererbt hatte; und auf all die Leute, die in richtigen Betten schliefen, zur Schule gingen und ihre Ausgaben bestritten und danach immer noch genug übrighatten, um sich den Bauch vollschlagen zu können.

Er haßte alles... die Erinnerungen, die Schule, die Studenten, den Winter und den kalten Wind, der die ganze Nacht lang durch die Mauerritzen in sein Zimmer blies; er haßte den Tag und die Sonne, die den ganzen Sommer lang brannte; den Hausverwalter, der jeden Monat die Miete für sein Zimmer kassierte; die Mieter, die in richtigen Wohnungen lebten; die magere, dunkelhäutige Frau, die in dem Zimmer am anderen Ende unter dem hölzernen Dachstuhl wohnte; den ranzigen Essensgeruch in ihren Kleidern; ihren kalten, zischenden Atem in seinem Nacken, wenn sie ihm anzügliche Worte ins Ohr flüsterte.

Er haßte alles, sogar sich selbst und den ekligen, muffigen Geruch in seinen Kleidern; seinen widerspenstigen Körper, der ständig diesen klebrigen Schweiß absonderte; seine krumm gewachsenen Zehen, die seine Schuhe durchstießen; den haßerfüllten Blick, der stets in seinen Augen stand, wenn er in den kleinen, gesprungenen Spiegel starrte... und seinen unersättlichen Magen, der mir nichts, dir nichts einen Laib Brot und zehn *Ta'amia*-Klößchen verzehren konnte, und der zusammenschrumpfte und wie ein Wolf knurrte, wenn er leer war.

Er haßte alles und jedes außer diesen unbeschreiblich herrlichen Augenblick, wenn er sich mit seinem Brot und zehn *Ta'amia*-Klößchen verkroch, sie beschnupperte, mit der Zunge ableckte und sie schließlich in den Mund schob und genüßlich zerkaute, bevor sie tief in seinem Inneren verschwanden und zergingen...

Ohne daß es ihm bewußt war, öffneten sich seine Lippen, und ein winziges Tröpfchen warmen Speichels tropfte aus seinem Mund auf den Bogen Papier. Als er es bemerkte, sog er angewidert die Lippen ein, und sein Blick fiel auf die Worte ‚Armut' und ‚Not', die er zuvor geschrieben hatte. Er zerknüllte das Blatt zwischen den Fingern und warf es in den Papierkorb, holte dann einen neuen Bogen heraus und schrieb mit traurigem Herzen: Sozialismus heißt, daß der Wind nicht die ganze Nacht durch die Mauerritzen bläst, daß die Sonne den Menschen nicht den ganzen Tag auf die Köpfe scheint, daß die Zehen sich nicht durch die Schuhe bohren, daß sich kein Haß in den Herzen der Menschen anstaut...

Der Füller in seiner Hand hielt inne. Er betrachtete den letzten Satz, las ihn noch einmal und dachte über ihn nach... daß sich kein Haß in den Herzen der Menschen anstaut. Er fragte sich, was die Menschen denn sonst veranlassen würde zu kämpfen, wenn nicht aufgestauter Haß. Was sonst als Haß hatte ihn gelehrt zu kämpfen und den Ehrgeiz in ihm geweckt, es zu etwas zu bringen? Was sonst als Haß stachelte ihn an, vertrieb die Müdigkeit, beherrschte seine Instinkte und war die Ursache dafür, daß keine Zelle seines Gehirns und seines Körpers auch nur einen flüchtigen Augenblick lang zur Ruhe kam? Was sonst als der Haß? Er streckte seine Hand aus, zerknüllte das Blatt Papier, warf es in den Papierkorb und holte einen neuen Bogen heraus...

Doch abermals begann sein Füller über dem leeren Blatt zu kreisen, malte gedankenverloren Figuren oder zeichnete wieder Kakerlakenbeine. Es wollten ihm einfach keine Worte einfallen, als hätte er nie zuvor etwas geschrieben. Dabei hatte er das schon so oft getan. Wie oft hatte er ganze Seiten gefüllt in Zeitschriften und Zeitungen. Er hatte ein Wort neben das andere gesetzt, einen Satz neben den anderen. Es war ihm niemals schwergefallen. Sein Name war so lang, daß er eine ganze Zeile füllte. Er hatte eine gründliche Ausbildung genossen, die von der Grundschule bis zum Magisterabschluß in den Rechtswissenschaften reichte. Er hatte sich viele Fremdwörter und Spezialausdrücke eingeprägt. Energisch und selbstbewußt reckte er den Kopf, erstaunt darüber, wieviel Zeit er damit vergeudet hatte, einfache, abgedroschene Phrasen zu schreiben, die jeder schreiben konnte, der weniger gebildet war als er oder nicht, wie er, all die Ausdrücke auswendig wußte, die er sich zu eigen gemacht hatte.

Seine Finger schlossen sich zuversichtlich um den Füller, er setzte ihn auf das Papier und schrieb: Die revolutionäre Phase, die wir momentan durchlaufen, verlangt in einer Welt, die sich auf die sozialistische Zukunft am Horizont zubewegt, nach der Integration einer fundamentalen und essentiellen Ideologie in die praktische Arbeit im Rahmen öffentlicher Gesetze.

Er legte den Füller hin und betupfte sich die Nasenspitze mit seinem nach teurem Herrenparfüm duftenden Seidentaschentuch. Er überflog die Worte, die er geschrieben hatte und reckte stolz seinen Kopf. Er gähnte, streckte Arme und Beine von sich und dehnte sich genüßlich. Als sein Blick auf die Uhr fiel, faltete er rasch den Bogen zusammen und steckte ihn in die Tasche. Er trat hinaus auf die Straße und sah den Jungen auf seinen großen Wagen zulaufen, um ihm die Tür zu öffnen. Er stieg ein und drehte den Zündschlüssel. Er sah, wie der kleine Jungen eifrig die Windschutzscheibe polierte, sich danach in die Straßenmitte stellte, und ihm, als eine Lücke im fließenden Verkehr entstand, ein Zeichen gab, daß er losfahren könne, und schließlich mit ausgestreckter Hand auf ihn zulief. Er drückte das Gaspedal durch und schoß wie ein Pfeil auf die breite Straße hinaus...

Im Rückspiegel sah er, wie der kleine Junge zurücktrat, die Hand immer noch ausgestreckt, mit einem Blick in den Augen, den er kannte... dem Blick, der ihm viele Jahre lang in dem kleinen, gesprungenen Spiegel begegnet war.

Sich im Kreis drehende Pferde

Die Ähnlichkeit zwischen ihr und den Pferden war groß. Sie hob ihre zwei Vorderfüße in die Höhe, daß es so aussah, als drehte sie sich auf den Hinterhänden. Einer von ihnen war in der Mitte. Warum ausgerechnet er? Er sah nicht anders aus als sie... seine zwei Vorderfüße waren in die Höhe gestreckt, berührten den Boden nicht, sondern waren oberhalb der Knie angehoben und hingen an den Seiten herunter wie Hände. Er war genau wie sie. Aber er stand in der Mitte, im Zentrum des Kreises. Niemand kam in seine Nähe. Alle anderen bewegten sich im äußeren Umkreis. Sein Gesicht war sich selbst zugewandt, ohne ein Zwinkern. Er blieb stehen, wann er wollte, drehte sich, wann er wollte, tänzelte, wann er wollte, stampfte mit einem Huf, wann er wollte und neigte sich nach rechts oder links, wann er wollte.

Die Zuschauer saßen auf ihren Plätzen; die in den hinteren Reihen sahen die Rücken der vor ihnen Sitzenden, die vorne sahen die Rücken der Pferde. Jeder sah nur Rücken: gekrümmte Rücken, aus denen die Wirbel so deutlich und scharf hervortraten, daß es das Auge schmerzte, wenn man sie betrachtete. Auch die Kreisbewegungen waren schmerzhaft für die Augen, und die Holzbänke taten an den Schenkeln weh. Die Arena war groß, weit und rund und hatte keine Wände, die vor der kalten Luft geschützt hätten.

Die eisige Luft verjagte den Schlaf. Die Zuschauer bliesen sich in die Hände, um sie zu wärmen. Die Hufe schlugen auf dem Boden auf; das rhythmische Geräusch folgte der Bewegung, der kreisförmigen Bewegung. Alle bewegten sich auf der äußeren Bahn, eine allein war in der Mitte, diese eine, die nicht anders aussah als die anderen, die Vorderfüße in die Höhe gereckt, sinnlos über dem Bauch herabbaumelnd. Nur auf den Hinterhänden drehte sie sich, wie ein tanzendes oder ausschlagendes Pferd. Aber sie war kein Pferd. Alle Gesichter waren zur Mitte gerichtet, die Rücken den Zuschauern zugewandt. Und die Zuschauer wurden des Anblicks der Rücken allmählich überdrüssig und wären auf den Holzbänken vom Schlaf übermannt worden, hätte nicht die kalte Luft sie aufgepeitscht.

Das Bild

Im Leben von Nirjis hätte alles ganz normal weitergehen können, hätte ihre Hand nicht zufällig Nabawiya berührt und wären ihre Finger dabei nicht auf einen weichen Fleischhubbel gestoßen. Verwundert beobachtete sie, wie unter deren *Galabia* zwei kleine Wölbungen auf und ab wippten, während sie mit ihren Armen in der Spüle herumhantierte und das Geschirr abwusch. Zum ersten Mal nahm sie wahr, daß Nabawiya Gesäßbacken hatte. Nabawiya, die im vergangenen Jahr aus dem Dorf zu ihnen gekommen war, das kleine Dienstmädchen mit einem Körper, der so schmal und dürr wie ein Getreidehalm war. Bei ihr war kaum vorn von hinten zu unterscheiden und hätte sie nicht Nabawiya geheißen, hätte man sie für einen Jungen halten können...

Nirjis fand sich vor dem Spiegel in ihrem Zimmer wieder. Sie drehte sich um. Ihre Augen weiteten sich vor Erstaunen, als sie zwei kleine Wölbungen sah, die unter dem Kleid wackelten. Sie streckte eine Hand aus, um ihren Rücken abzutasten, und sie stieß mit ihren zitternden Finger auf zwei weiche Fleischhubbel... auch bei ihr entwickelten sich Pobacken!

Sie entblößte sie, indem sie ihr Kleid hinten hochhob und drehte den Kopf, um sich von hinten zu betrachten. Doch sie drehten sich mit dem Körper und entschwanden aus ihrem Blickfeld. Sie versuchte, die untere Körperhälfte nicht zu bewegen, während sie ihren Kopf zum Spiegel hin drehte, doch es gelang ihr nicht. Drehte sie den Kopf, drehte sich auch der Oberkörper, und drehte sich die obere Körperhälfte, machte die untere das auch. Sie war ein wenig erstaunt darüber, daß sie zwar Nabawiya von hinten sehen konnte, nicht aber sich selbst. Es kam ihr so vor, als habe sie gerade eine neue menschliche Schwäche entdeckt: daß man den Körper, mit dem man geboren wurde und den man immer und überallhin mit sich herumtrug, nicht so betrachten konnte wie die Körper anderer.

Sie überlegte, ob sie in die Küche gehen und Nabawiya bitten sollte, sie von hinten anzuschauen und ihr die Pobacken zu beschreiben. Welche Form hatten sie? Waren sie rund? Oder eiförmig? Wackelten sie auch, wenn sie saß, oder nur, wenn sie ging? Wölbten sie sich so, daß sie auffielen, oder nicht?

Sie wollte schon losgehen, doch sie hielt inne. Konnte sie Nabawiya so etwas fragen? Nabawiya war ein Dienstmädchen, und mit einem Dienstmädchen unterhielt sie sich nicht. Sie erteilte ihr Befehle, was man wohl kaum eine Unterhaltung nennen konnte, und Nabawiyas Erwiderungen wie „Sehr wohl" oder „Ja" waren alles andere als Antworten, sondern eher mechanische und vorschriftsmäßige Reaktionen mit der gleichen Geschwindigkeit und in der gleichen Tonlage wie die Bewegungen einer Maschine.

Sie war enttäuscht, aber um so entschlossener, ihre Rückseite selbst zu betrachten. Also zog sie ihr Kleid ganz hoch, um von hinten völlig nackt zu sein, stemmte die Füße fest in den Boden und wandte den Kopf nach hinten, die Augen auf den Rücken gerichtet. Aber bald ließ sich der Kopf nicht weiter drehen, und die Augen konnten den Kreis nicht vollenden. Sie spannte ihre Muskeln an und versuchte es von neuem. Als sie vor dem Spiegel den Kopf drehte – den Rücken völlig entblößt –, fiel ihr Blick auf einmal auf die Augen ihres Vaters, und sie begann zu zittern. Obwohl sie wußte, daß es nicht seine wirklichen Augen waren, sondern nur die auf einem Foto, das an der Wand hing, beruhigte sich ihr kleiner Körper erst, als sie das Kleid wieder heruntergezogen und den Rücken verhüllt hatte. Sie konnte ihren Blick nicht von seinen Augen lösen, sondern wollte sie genau betrachten. Immer, wenn sie ihren Vater ansah, hatte sie das Gefühl, sie sähe zu wenig von ihm, und sie wollte mehr sehen. Dreizehn Jahre waren seit ihrer Geburt vergangen, und sie sah ihn täglich nur von hinten. Wenn er ihr den Rücken zuwandte, konnte sie ihren Blick heben und seine große, breite Gestalt anstarren. Aber nicht ein einziges Mal hatte sie ihre Augen zu den seinen erhoben, und noch nie war es vorgekommen, daß sie Blicke oder Worte mit ihm gewechselt hatte. Wenn er sie ansah, senkte sie stets den Kopf; wenn er mit ihr sprach, war es kein Gespräch, sondern es waren Anweisungen oder Befehle, auf die sie mit routinierter Unterwürfigkeit und in blindem Gehorsam mit „Sehr wohl" oder „Ja" reagierte. Als er ihr befohlen hatte, die Schule zu verlassen und zu Hause zu bleiben, verließ sie die Schule und blieb zu Hause. Wenn er ihr befahl, nicht die Fenster zu öffnen, öffnete sie nicht die Fenster. Wenn er ihr befahl, nicht durch die Fensterläden hinauszuspähen, spähte sie nicht durch die Fensterläden hinaus. Sogar als er ihr befahl, sich vor dem Zubettgehen zu waschen und zu beten, damit sie nur tugendhafte Träume träumte, wusch sie sich, betete sie und träumte sie nur tugendhafte Träume.

Ihre Augen blieben auf die seinen geheftet. Sie wollte ihn ansehen und nicht den Kopf senken, wollte ihre Augen auf seine Augen richten, um sie zu betrachten, sie kennenzulernen und sich an sie zu gewöhnen. Aber es gelang ihr nicht. Immer war der Abstand zwischen ihren und seinen Augen zu groß, auch wenn ihre Nasenspitze fast das Bild berührte, waren ihr seine Augen nicht nahe. Sein Gesicht erschien ihr sehr groß, seine gebogene Nase riesig, und es kam ihr vor, als wollten seine tiefliegenden und weit auseinanderstehenden Augen sie verschlingen. Sie verbarg ihr Gesicht in den Händen und vergegenwärtigte sich das Bild ihres Vaters, wie er hinter seinem großen Schreibtisch saß und seine gebogene Nase hinter einem Stoß Akten hervorragte. Hin und wieder warf er einen prüfenden Blick auf die in langer Reihe vor ihm stehenden Menschen, die ihn alle flehend und demütig anstarrten. Er schüttelte seinen von Aktenstößen umrahmten großen Kopf und ließ den Stift, den er in seinen langen, knochigen Fingern hielt, mit unheimlicher Geschwindigkeit über das Papier gleiten. Sie saß währenddessen in einer Ecke des Raumes, in sich gekehrt und mit angehaltenem Atem, die dünnen Beine fest zusammengepreßt. War sie wirklich die Tochter eines so bedeutenden Mannes? Wenn ihr Vater aufstand, ragte seine große, breite Gestalt so hoch hinter dem Schreibtisch auf, daß seine Nasenspitze fast die Decke berührte. Mit stolz erhobenem Kopf ging sie auf der Straße neben ihm her, denn aller Augen richteten sich auf ihren Vater. Alle Münder, die sich öffneten, taten dies allein zu dem Zweck, ihn demütig anzuflehen; ihre kleinen Ohren vermeinten zu hören, wie die Leute sich zuflüsterten: Das ist der große Mann persönlich, und das ist seine Tochter Nirjis, die da neben ihm geht. Wenn sie die Straße überquerten und ihr Vater sie bei der Hand nahm und seine großen Finger um ihre kleinen schloß, pochte wild ihr Herz, raste ihr Atem, und sie beugte ihren Kopf nach unten, um seine Hand zu küssen. Wenn ihre Lippen seine große, behaarte Hand streiften, drang ein starker Geruch in ihre Nase... der unverwechselbare Geruch ihres Vaters. Sie wußte nicht genau, woraus er sich zusammensetzte, aber sie konnte ihn überall wahrnehmen, wo ihr Vater sich befand. Wenn er ihr Zimmer betrat, konnte sie den Geruch im ganzen Raum wahrnehmen, im Bett, im Schrank, in ihren Kleidern. Manchmal vergrub sie ihren Kopf in seinen Kleidern, ja, küßte sie sogar, um ihn intensiver zu riechen. Oder sie kniete vor seinem großen Bild nieder, das über ihrem Bett hing, beinahe wie zum Gebet – nicht wie zu dem üblichen Gebet, rasch für einen Gott verrichtet, den man nie gesehen hatte, sondern eher wie zur wirklichen Anbetung eines echten Gottes, den sie mit ihren eigenen Augen sah, den sie mit ihren eigenen Ohren hörte und mit ihrer eigenen Nase roch. Er allein war es, der sie mit Nahrung und Kleidung versorgte, der ein großes Büro besaß und Unmengen von Akten, deren Inhalt er in- und auswendig kannte; er war es, der die Bedürfnisse der anderen Leute befriedigte und der vor allem unglaublich schnell mit einem Stift schreiben konnte.

Nirjis sah sich vor dem Bild niederknien, als ob sie betete. Sie erhob sich mit demütig gesenktem Kopf und küßte seine Hand wie jeden Abend, bevor sie zu Bett ging... Als sie dann auf dem Rücken lag, spürte sie, wie ihre runden Pobacken auf das Bett drückten, und ein bislang nicht gekanntes und erregendes Beben durchfuhr ihren Körper. Sie streckte zitternd die Hand aus, um ihren Hintern zu betasten. Zwei rundliche Fleischhügel waren zwischen sie und das Bett gezwängt. Sie drehte sich herum, um sie nicht mehr zu spüren und einschlafen zu können, doch nun drückte das hochragende Hinterteil auf ihren Bauch. Sie rollte sich auf die Seite, aber es berührte noch immer bei jedem Atemzug das Bett. Sie hielt einen Augenblick die Luft an, mußte aber gleich darauf mächtig schnaufen, so daß ihr kleiner Körper heftig bebte und das Bett leicht quietschend zu wackeln begann. Sie bildete sich ein, daß das Geräusch in der nächtlichen Stille deutlich zu hören sei und an die Ohren ihres Vaters dränge, der in seinem Zimmer schlief, und der mit Sicherheit wüßte, woher es kam und wodurch es entstanden war.

Sie zitterte bei diesem Gedanken und versuchte, die Beherrschung über ihren Atem zu gewinnen, damit das Bett zu quietschen aufhörte – und wäre dabei sicherlich erstickt, wäre nicht die Luft gewaltsam in ihre Lungen eingedrungen. Ihr Körper, und damit auch das Bett, bebte heftig, und das grobe, quietschende Geräusch durchdrang die Stille der Nacht. Mit einem Satz sprang sie aus dem Bett...

Als ihre Füße den Fußboden berührten, hörte das Bett auf zu quietschen, und sie vernahm nur noch das Geräusch ihres raschen Atems, der sich allmählich beruhigte. Nachdem in ihrem Zimmer wieder Stille eingekehrt war, fiel ihr ein, daß sie vergessen hatte, sich vor dem Zubettgehen für das Gebet zu waschen. Sie war erleichtert, nun den Grund für die sündhaften Gefühle, die ihren unreinen Körper beschlichen hatten, gefunden zu haben.

Als Nirjis vor dem Waschbecken stand und ihre rituellen Waschungen und Gebete verrichtete, hörte sie hinter der Küchentür ein schwaches Geräusch. Schlief Nabawiya etwa noch nicht? Vorsichtig versuchte sie, die Tür zu öffnen, doch es ging nicht. Abermals vernahm sie einen Laut, legte ihr Ohr an die Tür und hörte deutlich das Geräusch schneller Atemzüge und heftiger Bewegungen. Sie lächelte ein wenig erleichtert: Nabawiya war ebenfalls noch wach und entdeckte ihre neuen Pobacken! Mit dem Kopf immer noch an der Tür, preßte sie ihr Auge ans Schlüsselloch und lugte in die Küche. Das kleine Sofa, auf dem Nabawiya sonst schlief, war leer, und irgendetwas bewegte sich auf dem Küchenboden. Sie schaute erneut hindurch. Ihre Pupillen weiteten sich, als sie den auf dem

Boden rollenden nackten Fleischberg mit zwei Köpfen erblickte. Der Kopf mit den langen Zöpfen war der von Nabawiya, der andere mit der langen, gebogenen Nase war der Kopf ihres Vaters! Hätten ihre Augen nicht so fest am Schlüsselloch geklebt, als wären sie ein Teil davon, wäre sie bestimmt augenblicklich umgekippt und zu Boden gefallen. Doch so blieb ihr Blick starr auf den großen Berg nackten Fleisches gerichtet, der da herumrollte, wobei Nabawiyas Kopf auf dem Boden lag und gegen den Abfalleimer knallte und sich der Kopf ihres Vaters darüber befand und von unten gegen den Spültisch stieß. Doch blitzartig tauschten sie ihre Positionen, und nun prallte Nabawiyas Kopf gegen die Spüle und der Kopf ihres Vaters war neben dem Abfalleimer... Dann verschwanden die zwei Köpfe fast unter dem Regal mit den Kochtöpfen, so daß sie nur noch vier Beine und zwanzig Zehen sehen konnte, die zappelten und zuckten und seltsam ineinander verknäult waren, ähnlich einem Meerestier mit vielen Armen oder einer Krake.

Nirjis konnte sich weder erinnern, wie sie ihr Auge von dem Schlüsselloch losbekommen hatte, noch wie sie in ihr Zimmer zurückgelangt war, wo sie nun in den Spiegel schaute. Ihr war schwindelig, und ihr schwirrte der kleine Kopf. Ihre müden Augen erhaschten einen flüchtigen Blick auf die runden Pobacken, die bebten wie ihr ganzer Körper. Unwillkürlich streckte sie eine Hand aus und entblößte ihren Rücken, als ihr Blick wieder auf das Gesicht ihres Vaters fiel. Der alte mechanische Reflex durchzuckte sie, das Kleid herunterzuziehen und ihre Blöße zu bedecken; aber ihr Arm bewegte sich nicht. Sie sah ihrem Vater unverwandt ins Gesicht, ohne den Kopf zu senken. Seine weit aufgerissenen Augen starrten, die spitze, gebogene Nase teilte sein Gesicht in zwei Hälften. Eine lange Spinnwebe hatte sich an seiner Nasenspitze festgesetzt und bewegte sich in der nächtlichen Brise, die durch die Fensterläden ins Zimmer wehte.

Nirjis ging zu dem Bild hinüber, um die Spinnwebe vom Gesicht ihres Vaters wegzupusten. Doch ein Speichelregen besprühte das Bild und klatschte die Spinnwebe an das väterliche Gesicht. Sie versuchte noch einmal, sie wegzupusten, klebte sie aber nur noch fester an das Bild. Unwillkürlich streckte sie die Hand aus und versuchte, den seidenen Faden mit ihren langen, spitzen Fingernägeln vom Bild zu kratzen. Es gelang ihr tatsächlich, ihn zu entfernen; doch gleichzeitig rubbelte sie damit auch das Papier des Bildes auf, das von ihrem Speichel durchweicht war und zwischen ihren Fingern in kleinen Schnipseln zu Boden fiel...

Er aber war kein Maulesel

Er war bei vollem Bewußtsein, nahm alles wahr, was um ihn herum geschah. Er hörte und sah sehr deutlich, deutlicher vielleicht, als jemals zuvor. Doch er bewegte sich nicht, und es schien, als würde er auch nicht atmen, denn sein Brustkorb hob und senkte sich nicht. Und so war es auch: sein Brustkorb hob und senkte sich nicht. Aber heimlich atmete er doch. Wie war das möglich, wie konnte er heimlich atmen? Wie konnten seine Lungen Luft ein- und ausatmen ohne die geringste Bewegung oder das geringste Geräusch? Wie konnte Luft in seinen Brustkorb gelangen und wieder entweichen, ohne daß sich die winzigen Härchen in seinen Nasenlöchern bewegten? Niemand weiß es, nicht einmal er selbst. Vieles hatte er begonnen zu tun, ohne zu wissen, wie. Einige seiner Glieder hatten erstaunliche neue Kräfte entwickelt, ganz von allein, ohne daß er es beabsichtigt oder eingeübt hätte. Von einem Tag auf den anderen hatte er gelernt, die hohe Wand hinaufzuklettern und mit einem einzigen, gewaltigen Satz bis an das kleine, vergitterte Dachfenster hochzuspringen, an dem er sich dann mit seiner ganzen Kraft festklammerte und seinen Körper mit den Armmuskeln hochzog, um durch das Gitter das wundervolle kleine Himmelsquadrat zu betrachten.

Wie war es möglich, daß sich sein Körper auf bestimmte Geräusche, Blicke oder Signale streckte und zusammenzog, sich verkrampfte und entspannte, sichtbar und unsichtbar wurde? Ja, wie war es möglich, daß ihm, wann immer nötig, neue Glieder wuchsen, wie einer Amöbe oder einem einzelligen Tier? Wer hätte es für möglich gehalten, daß dieser Körper, den er seit über zwanzig Jahre mit sich trug und dessen Gewicht, Beschaffenheit und Kräfte er kannte, sich so sehr und so schnell verändern konnte, als wäre es überhaupt nicht sein Körper? Wie viele Male hatte er einen zusammengefalteten Brief zwischen seinem Gaumen und der Innenseite seiner Lippe versteckt, war mit starr geradeaus gerichtetem Blick an dem Wachtposten vorbeigangen, mit seiner ganzen Willenskraft und all seinen Überlebensinstinkten wünschend, daß der nichts merken würde... und er hatte nichts gemerkt.

Deshalb war es auch nicht verwunderlich, daß er jetzt atmete, ohne daß sich sein Brustkorb und die Härchen in seinen Nasenlöchern bewegten. Dies war die einzige Möglichkeit, zu überleben. Denn sobald sein Brustkorb aufhörte, sich zu bewegen und die Härchen in seinen Nasenlöchern aufhörten zu zittern, verstummte auch jenes scharfe, peitschende Geräusch, das sonst die Luft durchschnitt und dann auf etwas Festes klatschte, das weich wie Fleisch war und genau das empfand, was auch er verspürte und was ihm wohlbekannt war. Es war kein qualvoller Schmerz, war eigentlich gar kein Schmerz, sondern fühlte sich eher so an, als würde man herumgestoßen oder herumgezerrt. Auch in diesem Fall entwickelt der Körper eine seltsame, außergewöhnliche Kraft, wird gegen Schmerzen unempfindlich, so daß es ihm vorkommt, als hätte der schwere Stock, der gehoben wurde und dann herunterpeitschte, nicht *seinen* Körper getroffen, sondern einen anderen, dicht neben ihm befindlichen – so dicht, daß es vielleicht doch nicht ein anderer Körper war, sondern sein eigener. Wegen dieser Zweifel, Zweideutigkeit und Unklarheit wurde auch der Schmerz zu etwas Zweifelhaftem und Zweideutigem und vermischte sich mit anderen Empfindungen wie Freude oder Vergnügen. Er fühlte sich beinahe glücklich. Als ihm der absurde Gedanke durch den Kopf ging, daß der Sergeant der einzige war, der vor Erschöpfung keuchte, konnte er ein Lächeln kaum unterdrücken. Der Sergeant stand einen Schritt von ihm entfernt, rieb sich die von der Anstrengung schmerzende Hand und stieß mit seinem keuchenden Atem ein schwaches Stöhnen aus. Er aber lächelte innerlich, ohne den Mund zu verziehen, beobachtete den Sergeant ohne eine Bewegung seines Brustkorbs, auf jene teuflische Art, von der in keinem medizinischen Fachbuch eine Beschreibung zu finden ist. Wie wenig wissen doch die Ärzte über den menschlichen Körper! Sie beschreiben ihn als ein Stück Fleisch, das durch fünf untaugliche Sinne kontrolliert wird. Wissen sie auch nur irgendetwas über jene neuen Sinne oder über jene Glieder, die völlig unvermutet wachsen? Aber wie sollten sie das auch wissen, hatten sie doch die einzigartige Erfahrung, die er jetzt machte, niemals selbst gemacht?

Er sah, wie der Sergeant sich aufrichtete, seine Muskeln spielen ließ, mit dem Stock vor ihm herumfuchtelte, sich mit dem Knauf auf die Handfläche schlug und die geballte Faust in die Höhe schwang, um ihm damit auf die Stirn zu schlagen. Wachtmeister Alawi war klein, dick und hellhäutig, seine Oberlippe war in der Mitte gespalten und bildete zwischen Mund und Nase eine Furche, wie bei einem Fötus in den ersten Monaten, wenn die Teilungen, bei denen sich die einzelnen Körperteile herausbilden, noch nicht abgeschlossen sind. Die eigentümliche Stimme drang an sein Ohr; er wußte nicht zu sagen, ob sie aus der Nase oder dem Mund kam: Wo ist die Druckerpresse, du Holzkopf? Mach's Maul auf! Was nützt dir dein Schweigen? All seine Stärke und Widerstandskraft strömte in seine Lippen, so daß sein übriger Körper vollkommen erschlaffte. Die Lippen wurden zu zwei dünnen, harten Strichen, die er aufeinanderpreßte, so fest er nur konnte.

Die durchdringende, nasale Stimme dröhnte in seinem Kopf. Er war unfähig zu sprechen. Nicht etwa, weil er nicht sprechen wollte oder weil er seine Zunge nicht mehr bewegen konnte; auch nicht, weil er sein Gedächtnis verloren und vergessen hatte, wo die Druckerpresse stand; ebensowenig ging es ihm darum, irgendwelchen Prinzipien treu zu bleiben, ein Versprechen einzuhalten oder einer Verpflichtung nachzukommen, denn an derlei menschliche Belange und Gefühlsregungen konnte er sich gar nicht mehr erinnern. Er war nämlich schon lange kein menschliches Wesen mehr, sondern hatte sich in ein anderes Wesen verwandelt, das einen anderen Körper und andere Glieder besaß. Er war in der Lage, zu sprechen, war in der Lage, seinen Mund zu öffnen und zu sagen: Hauptstraße Nummer sechs. Diese Worte waren noch klar in seinem Gedächtnis, klarer als sonst irgend etwas. Nein, außer diesen Worten hatte er fast nichts in seinem Gedächtnis behalten. Er hatte alles vergessen: den Namen der Straße, in der er wohnte, die Hausnummer, das Aussehen seiner Mutter, auch das Geologiewissen, das er sich in vielen Jahren des Studiums angeeignet hatte. Sein gesamter Gedächtnisinhalt war verlorengegangen, und nichts war geblieben als jene wenigen Worte: Hauptstraße Nummer sechs.

Die durchdringende, nasale Stimme hallte in seinem Kopf wider, erzeugte in dessen Hohlraum sonderbare Echos, die anschwollen und sich ausdehnten wie in einem großen, leeren Saal, in dem sich der Schall wie durch ein Mikrophon verstärkt.

Wo ist die Druckerpresse, du Holzkopf. Mach's Maul auf! Was nützt dir dein Schweigen? Wachtmeister Alawi mit der Hasenscharte konnte nicht wissen, was das Schweigen ihm einbringen würde außer den Schlägen, so brutal, daß sie beinahe tödlich oder vielleicht wirklich tödlich waren. Aber es gab noch etwas anderes, das Alawi nicht wußte, nicht wissen konnte – nicht, weil er einen Gehirnschaden gehabt hätte oder weil sich einige seiner Gesichtszellen in einem frühen fötalen Stadium nicht mehr weiterentwickelt hatten, sondern weil es etwas so Seltsames war, das bisher noch niemandem widerfahren war; und auch er selbst hätte davon nichts gewußt, würde er jetzt nicht diesen unglaublichen Augenblick durchleben, einen Moment, in dem sich der Körper von seinem Ich trennt, ohne daß eins von beiden stirbt, einen Augenblick, da der Körper vom Ich weggerückt zu sein scheint, nicht sehr weit, aber doch ein winziges Stück, nicht mehr als eine Haaresbreite entfernt. In solch einem Augenblick ist dir der eigene Körper egal, denn es ist nicht dein Körper, sein Schmerz ist nicht dein Schmerz, sein Überleben nicht dein Überleben. In jenem Augenblick, in jenem Bruchteil eines Augenblicks, ist der Überlebensinstinkt in zwei unterschiedliche Teile gespalten. Du hältst den einen, den weit größeren Teil, für den ganzen und meinst, daß es außer diesem keinen anderen Teil gebe. Aber der ist nicht weit weg, sondern ganz nah: so nah, wie dir jener Körper ist. Und so vollzieht sich das Unfaßbare: Du ziehst dich in dein Ich zurück, stülpst einen Schutzpanzer über dich und igelst dich mit sämtlichen Überlebensinstinkten, die du besitzt, darin ein. Dein Körper ist da, nicht weit von dir entfernt, nackt und matt dahingestreckt, nimmt weder Hitze noch Kälte wahr und ist unfähig, Schläge von Tritten oder Stöße von Stichen zu unterscheiden. Für ihn ist dies alles dasselbe, wie ein Druck, der kommt und geht, anschwillt und nachläßt, wie der physikalische Druck in der Natur, dem jedes Lebewesen, jeder Körper ausgesetzt ist – aus der Atmosphäre und von der Erde her.

In einem solchen Augenblick ist es bedeutungslos, ob dieser Körper überlebt. Es ist völlig einerlei, ob du am Leben bleibst oder nicht. Das einzig Wichtige ist das Ich, jener geleeartige, körperhafte und dennoch nicht greifbare Punkt, der das Überleben ausmacht, jener unbekannte, verborgene Lebenstropfen, der dich am Leben hält, auch wenn du den eigenen Körper gar nicht mehr spürst; ein Tropfen, der, trocknete er aus, das Leben in dir austrocknen ließe, so daß du stürbest, selbst wenn dein Körper noch faßbar wäre.

Es ist nicht überraschend, daß der Überlebensinstinkt sich in diesem einen Tropfen konzentriert, daß er sich einigelt und mit einem harten, undurchdringlichen Panzer umgibt, wie eine Schnecke aus Eisen, deren Maul seltsam verschlossen ist, als ob ihre eisernen Lippen geschmolzen und ineinander verlaufen wären, so daß nicht einmal mehr die Andeutung eines Mundes vorhanden ist. Aber konnte Wachtmeister Alawi mit der Fötuslippe sich das alles vorstellen? Konnte er sich jene mundlose Eisenschnecke vorstellen, in deren Innerem ein winzig kleiner Raum ist, der nichts weiter enthält als diesen einen Tropfen, in dem sein ganzes Leben und sein gesamtes Erinnerungsvermögen aufgelöst sind, ein zu einem einzigen Gegenstand destillierter und konzentrierter Tropfen: der Druckerpresse.

Wo ist die Druckerpresse, du Holzkopf. Mach's Maul auf! Was nützt dir dein Schweigen?... Die nasale Stimme wiederholte immer noch die dumme, hohle Frage. Was nützt dir dein Schweigen? Eine eigenartige Frage; die merkwürdigste Frage, die er je gehört hatte; eine Frage, auf die es keine Antwort gibt; eine Frage, die die gesamte Menschheit, die schon Millionen Fragen beantwortet und Millionen Geheimnisse des Universums aufgedeckt hat, bis heute nie hat beantworten können. Eine Frage ohne

Antwort, eine Frage, die keine Frage ist, eine Frage, die niemand zu formulieren weiß, von der niemand weiß, was er fragt oder gar, was er exakt wissen will. Er aber weiß die Antwort: Nicht jenes einfache allgemeine Wissen, das jedermann wissen kann, sondern ein nie gekanntes Wissen, das so ist, als wüßte man etwas nicht. Er weiß, daß irgendwo in seinem Inneren ein kleiner Kern ist, der das Leben beinhaltet, wie ein Brennpunkt, klein, klar und unsichtbar, den es vielleicht gar nicht gibt, der aber dennoch an irgendeiner Stelle in seinem Körpers spürbar ist. Nein, nicht in seinem Körper, sondern an einer Stelle in seinem Ich, von deren Existenz er weiß und die er als nutzlos empfindet – wie eine Luftspiegelung, die keine ist, sondern eine in seinem Wesen verkörperte Tatsache, eine Wirklichkeit, so winzig wie ein Atom, über dessen Vorhandensein er sich jeden Augenblick im klaren ist und das er in seinem Inneren behütet, um das er sich zusammenrollt und an dem er sich auf ewig festklammert. Denn es ist das Geheimnis seines Lebens, seiner Existenz und seines Überlebens, das er ebensogut kennt wie sich selbst und von dem er genauso wenig weiß wie von sich selbst.

Wo ist die Druckerpresse? Mach's Maul auf, du Holzkopf! Was nützt dir dein Schweigen... Die scharfe, nasale Stimme klang immer schärfer und näselnder. Der ihn umgebende Panzer wurde immer dicker und härter. Der Tropfen in seinem Inneren war immer besser geschützt, klar, rein und so durchsichtig, daß die Buchstaben fast schon hindurchschimmerten! Hauptstraße Nummer sechs. Bleifarben schimmernde Buchstaben, verschlungen und verwoben, an- und abschwellend, allein stehend und ineinanderlaufend. Der Geruch von in die Druckwalzen gequetschtem Papier, ein strenger, eigenartiger Geruch, der nicht wie andere Gerüche durch die

Nasenlöcher ins Innere zieht, sondern der die Knochen des Schädels zersplittert und das Hirn angreift mit einem Wort, das du weißt, noch bevor du es gelesen hast. Die Presse dreht sich im Kopf, die Bleibuchstaben klappern aufeinander wie Zähne, und das Wort ist geboren. Es ist nur ein Wort, nichts als ein Wort, und doch ist es der Punkt, an dem alles beginnt, der Punkt, an dem sein Leben begann und von dem aus es sich über die Jahre erstreckte bis zu diesem Augenblick, den er jetzt durchlebte, ein langer Faden, der von einem Punkt bis zu jenem geleeartigen, winzigen Punkt verlief, um den sich sein Ich gewickelt hatte, umschlossen und geschützt wie ein Fötus im Mutterleib.

Er sah es jetzt deutlicher. Er konnte sich einen langen, haarfeinen Faden vorstellen, der an einem Punkt begann, um den herum sich die Presse in der Hauptstraße Nummer sechs drehte, und der an jenem Punkt endete, der in seinem Inneren eingesperrt war, in jener weiten, kahlen Ebene, in der es nichts anderes gab als den Sergeant und dessen Stock mit dem dicken, gebogenen Knauf sowie Wachtmeister Alawi mit der schneidenden, nasalen Stimme.

Wo ist die Presse, du Holzkopf? Mach's Maul auf! Was nützt dir dein Schweigen?

Die Frage war die gleiche, aber die Antwort war nicht mehr unbekannt. Er konnte nicht behaupten, daß er die Antwort wisse oder daß es ihm möglich sei zu erklären, warum er schwieg oder was ihm das nützte oder welche Bedeutung jener lange Faden hatte, der zwischen zwei Enden unbekannten Ursprungs gespannt war, von denen er das eine Ende sich selber auferlegte und das andere ihm auferlegt wurde, wie ihm auch sein Ich auferlegt war. Aber er war vollkommen sicher, daß die Druckerpresse sich immer noch in jener kleinen Wohnung in der Hauptstraße drehte. Ihre Walzen rotierten, die Bleilettern klapperten, das Papier wurde zwischen ihren Zähnen eingequetscht, und der strenge Geruch durchdrang das Gehirn. Würden sie aufgrund dieses Geruchs ihren Standort entdecken? Konnten sie die Rotation der Presse zum Stillstand bringen? Konnten sie ihm jenes Auge ausstechen, mit dem er sah – trotz der großen Entfernung zwischen seinem Standort in der Wüste und dem der Presse in der Hauptstraße? Konnten sie jenen ersten Punkt zerstören, an dem der lange Faden seines Lebens begann und von dem aus er sich bis zu dem Punkt seines Lebens spannte, der in seinem Inneren eingesperrt war?

Würden sie den Geruch wahrnehmen? Konnte man seinen Mund öffnen, um Luft zu holen, zu keuchen oder zu gähnen, oder würden die Worte Hauptstraße Nummer sechs mit der ausgeatmeten Luft über die Lippen kommen? Wäre das möglich? Allein der Gedanke daran, daß dies geschehen könnte, richtete sein Dasein zugrunde, denn sein Dasein war eines der zwei Enden, zwischen denen der Faden gespannt war, und sein Überleben hing vom Überleben jenes Fadens ab, vom Überleben beider Enden, denn wenn eines zerstört würde, würde der Faden zerreißen und auch das andere Ende vernichtet.

Wo ist die Druckerpresse, du Holzkopf? Mach's Maul auf! Was nützt dir dein Schweigen?

Erst jetzt konnte er verstehen, warum er schwieg, warum er seine zusammengepreßten Lippen nicht zu einem Gähnen öffnete und mit der Luft die Worte ausstieß: Hauptstraße Nummer sechs. Es ging ihm nicht darum, einem Prinzip treu zu bleiben oder ein anderen gegebenes Versprechen einzuhalten, denn hier zählten die anderen nicht. Nichts war ihm jetzt näher als sein Körper, der nur durch Haaresbreite von seinem Ich getrennt war. Warum sollte er sich noch um andere Gedanken machen, wo er doch gar nicht mehr existierte? Hier ging es um etwas viel Wichtigeres. Es ging um sein Ich, um sein inneres Wesen, um das Überleben oder Verlöschen seines Selbst, um den Fortbestand und das Dasein dieses gespannten Fadens, der Wasser und Luft von der Hauptstraße zu seinem im Panzer eingeschlossenen Selbst leitete. Es ging darum, ob er überlebte oder nicht. Damit war nicht das körperliche Überleben gemeint – denn der Körper war längst taub geworden –, sondern ein Fortbestand anderer Art. Es ging um den Fortbestand des Fadens zwischen jenen zwei Enden. Was für ein Faden und was für zwei Enden waren das? Er hatte nicht die leiseste Ahnung.

Er hörte die schneidende, nasale Stimme nicht mehr. Zweifelsohne war Wachtmeister Alawi verstummt, um seinen Stimmbändern eine Ruhepause zu gönnen. Er vernahm die schweren Schritte des Sergeant, das Aufschlagen von Stahl auf dem Betonboden. Er hörte, wie der Stock hochgerissen wurde, einen Augenblick innehielt, plötzlich nach unten sauste und auf eine Masse mit der Dichte weichen Fleisches klatschte; aber es war kein Fleisch, war zumindest nicht *sein* Fleisch, eher das Fleisch eines anderen, der ganz in seiner Nähe war – vielleicht nur um eine winzige Haaresbreite von ihm entfernt, aber dennoch in einem Abstand, der ihn von dem mißhandelten Fleisch trennte. Wenn er ein Maulesel gewesen wäre, dann wäre er jetzt gestorben; aber er war kein Maulesel. Er war ein Mensch mit Verstand, der wußte, wie man ihn gebrauchte, wußte, wie man jeglicher Gewalt widerstand, wie man zuletzt siegte. Wie man siegte... wie. Er bestand nur aus einem Punkt, eingesperrt, nicht frei in der Luft schwebend. Er konnte sich nicht befreien und wie ein Atom explodieren, denn er war gefangen in einem dikken, harten, mundlosen Panzer. Mit welcher Macht, welcher enormen, vernichtenden, zerstörerischen Kraft könnten sie ihn besiegen? Er konnte sich nicht vorstellen, daß es eine solche Kraft gab, konnte nur mit Mühe seine Freude unterdrücken, seinen Stolz verbergen. Was für einen Stolz! Er war imstande, zu siegen, trotz alledem. Er war fähig, seinen Mund zu schließen und zu schweigen. Er war in der Lage, die Presse ununterbrochen rotieren zu lassen. Er war fähig, das Leben an einem langen Faden entlanglaufen zu lassen, der sich von der Hauptstraße zu seinem abgeschiedenen Platz in der Wüste spannte. Er war der Sieger. Er war glücklich. Er hätte vor Freude tanzen können.

Da war wieder die nasale Stimme. Hier war *er*, preßte seine eisernen Lippen zu einer einzigen Lippe zusammen. Selbst wenn sie seinen Mund aufsägten, würde kein einziges Luftatom aus seinem Rachen entweichen, denn auch der war versperrt und ohne Öffnung. Und weil er gelernt hatte, im Inneren des Panzers zu atmen, ohne daß Luft hinein- oder herausströmte.

Was hat dir dein Schweigen genützt, du Holzkopf? Dein Kollege hat gestanden. Hauptstraße Nummer sechs. Das sagte die schneidende, nasale Stimme. Er, der mit der bis zum Mund offenen Nase. Er war es, der Hauptstraße Nummer sechs sagte. Er, der Schneidende, der Nasale.

Er wußte nicht genau, was geschah. Aber die Stimme hallte in seinen Ohren wider wie eine Explosion; wie ein großer, aufgeblasener Ballon, der platzte; wie ein langer, dünner, gespannter Draht, der plötzlich zerschnitten wird. Er sah den Sergeant nicht mehr, hörte die durchdringende, nasale Stimme nicht mehr. Er sah und hörte gar nichts mehr. Er merkte nicht, wie die groben Hände des Sergeant ihn an den Füßen packten und wegschleiften – niemand weiß, wohin.

Die Lüge

Plötzlich war er splitternackt.

Er wußte nicht, wie er aus seinen Kleidern gekommen war, wußte nur, daß er sie vor vollendete Tatsachen stellen, sich ihr als nackter Mann präsentieren wollte. Seine bloße Nacktheit würde sicherstellen, daß sich zwischen ihnen etwas entwickelte. Er hatte keine Geduld mehr. Die Gegenwart war voller Gefahren und die Zukunft ungewiß. Er hatte keine Zeit mehr: die Jugend schwand dahin, die mittleren Jahre rückten unaufhaltsam näher, ging er doch auf die Vierzig zu. Seine Kräfte ermatteten, und sein Körper ließ ihn oft gerade dann im Stich, wenn sein Herz in Flammen stand.

Er redete über dieses und jenes. Es waren trockene Themen, vielleicht wissenschaftliche, politische oder auch philosophische. Sie saß ihm in einem modischen Kleid gegenüber. Ihr Äußeres wirkte weder provokativ noch verführerisch, zeigte nicht auch nur eine Andeutung jener Lüsternheit, die anständige Frauen so perfekt zu beherrschen lernen. Im Gegenteil: sie wirkte auf einen Mann eher abweisend als anziehend, wies ihn so eindeutig und mit solcher Entschiedenheit ab, wie man eine Krankheit, den Tod oder sonst etwas abweisen würde, wovon zu befürchten ist, daß man es nicht wieder los wird, wenn es erst einmal Fuß gefaßt hat.

Wir alle bewegen uns auf den Tod zu, ob wir wollen oder nicht, sagte er zu sich selbst, als er im Spiegel seinen nackten Körper erblickte. Zwanzig Jahre hatte er mit der Mutter seiner fünf Kinder zusammengelebt, einer ehrbaren, sittsamen und keuschen Ehefrau, die mit ihm schlief, ohne sich auszuziehen.

Als er sich langsam vom Spiegel abwandte, bot sich ihm der Anblick einer Brust, so behaart wie die eines Affen, und eines Bauches, der sich wölbte wie der einer schwangeren Frau. Er hatte nicht gedacht, daß sein Bauch so dick war. Jeden Tag wurde er unmerklich ein wenig dicker und seine Hose ein wenig enger, nicht mehr als vielleicht einen halben Millimeter. Aber das sammelte sich. Ein Tag kam auf den anderen – zig Tage, Hunderte, Tausende von Tagen – und genauso die Millimeter, einer auf den anderen, seit zwanzig Jahren.

Sie saß da mit einem Buch in der Hand. Sie wußte, daß er mit würdevoller Miene und in steifer Haltung in seinem Sessel saß und plauderte. Die Worte quollen aus seinem Mund, eins nach dem anderen, ohne Punkt und Komma, ohne einmal zu verstummen, so, als ob er seinen Speichel zerkaute und dann wie an einer Kette langgezogene Buchstaben in Form einer Flüssigkeit oder eines endlos langen, seidenen Fadens ausschied, der sich, ohne je abzureißen, aus seinem Mund spulte und sich einem Kokon gleich verwebte und verspann. Vielleicht würde sich einmal ein Buchstabe aus der Reihe lösen, als Wassertropfen oder Luftblase durch die Luft schweben und sofort zerplatzen, sobald er auf einen harten Gegenstand traf.

Sie schenkte ihm ihre Aufmerksamkeit. Er war kein gewöhnlicher Gast. Er war seit vielen Jahren mit ihrem Mann befreundet, länger, als sie und ihr Mann zusammenlebten, länger als ihr Mann sonst jemanden kannte. Er war ein vornehmer Herr. Das sah sie an seinen straffen Gesichtsmuskeln, an der steifen Haltung seines Halses und an seiner Krawatte, die so eng gebunden war, daß es ihr vorkam, als würde er sie nie abnehmen, als könne er sie gar nicht abnehmen, als ob er mit ihr schlafen ginge und erwachte oder gar mit ihr geboren wäre. Nicht zu vergessen dieses zweireihige Jackett und die enge Hose, beides sorgfältig zugeknöpft; und wie er mit eng aneinandergeschmiegten Beinen dasaß, die Knie fest zusammengepreßt – wie eine schüchterne Frau oder ein jungfräuliches Mädchen. Ja, er hatte den jungfräulichen Blick eines Mannes, der seine Kleider nie abzulegen schien, oder dessen Kleider nie abgelegt werden *konnten*, selbst wenn er es gewollt hätte.

Seine Anwesenheit im Haus, selbst wenn ihr Mann nicht da war, störte sie nicht im geringsten. Sie ließ ihn in seinem Sessel reden und tat, wozu sie gerade Lust hatte, beispielsweise schrieb sie oder las. Fiel ihr der Füllhalter aus der Hand und rollte er unter den Tisch, konnte sie sich bücken und ihn aufheben, ohne daß ihr das peinlich sein mußte. Es machte ihr nichts aus, wenn ihr kurzer, enger Rock dabei hochrutschte und ihr Hinterteil freigab. Sie wußte, er würde auf keinen Fall hinschauen. Und tat er es doch, dann mit vornehm zurückhaltender Miene, mit einem Blick, der so leicht und leidenschaftslos auf ihrem Körper ruhte wie die Luft. Selbst sein pausenloses Geplauder störte sie nicht im geringsten, war gewissermaßen sogar unterhaltsam: denn war er nicht da, schaltete sie das Radio ein.

Er kehrte dem Spiegel seinen Rücken zu und blieb stehen. Sie saß mit halb entblößten und leicht gespreizten Beinen vor ihm in einem Sessel, in der natürlichen Sitzhaltung einer modernen Frau. Sein Blick konnte mühelos zwischen ihre Beine dringen und bis ganz nach oben gelangen. Sein Gerede war von der internationalen Politik über die Ursprünge des Lebens zum religiösen Fatalismus gelangt. Doch während er so redete, verkrampften sich seine Halsmuskeln, und seine Stimme quietschte auf einmal ganz eigenartig. Er befürchtete, sie könne dieses Geräusch hören, und er hob die Stimme, so daß sie lauter wurde, als sich das eigentlich geziemte. Zunächst war ihm dies ein wenig peinlich, doch als seine Stimme durch das Wohnzimmer mit all den darin stehenden modernen Möbeln hallte und die duftigen Gardinen vor dem Fenster leicht ins Schwingen gerieten, so daß das leise Rascheln ihn in den Ohren kitzelte, gefiel ihm auf einmal der Klang seiner Stimme, und er redete um so genüßlicher weiter.

Immer noch hielt sie das Buch in der Hand, den Blick auf eine der oberen Zeilen der Seite geheftet. Aber sie ließ ihre Augen nicht über die Zeilen wandern. Ihre Liebe zu den Büchern war groß, doch noch größer war ihre Abneigung gegen das Lesen. Unwillkürlich glitt ihr Blick von der Zeile auf ihre langen, schimmernden, krallenartig gefeilten Fingernägel. Wie sie so mit den Fingerspitzen über dieses hauchdünne, kostbare Papier strich, fühlte sie die enge Beziehung zwischen sich und der Kultur.

Er rührte sich nicht, blieb mit dem Rücken zum Spiegel stehen. Sie hatte noch immer nicht von ihrem Buch aufgeschaut. Alles, was geschah, als seine Stimme plötzlich verstummte, war, daß sie mechanisch die Hand ausstreckte und das Radio einschaltete, so daß das Zimmer nun vom Klang einer monotonen, den Koran zitierenden Stimme erfüllt wurde. Wäre es eine weniger salbungsvolle Sendung gewesen, wie ein Hörspiel oder Musik, hätte er sich vielleicht von der Stelle gerührt. Da aber der Koran zitiert wurde, und das auch noch in einem so würdevollen Ton, konnte er nicht anders, als reglos stehenzubleiben, wo er war. Es war Winter – um genau zu sein, der letzte Tag im Januar – und trotz der dichtschließenden, verriegelten Fenster spürte er ständig einen kalten Luftzug in seinem Rücken. Er überlegte, ob er nicht eines der

Kleidungsstücke aufheben sollte, die vor ihm lagen, befürchtete aber, er würde, wenn er sich bewegte, ihre Aufmerksamkeit auf sich ziehen, noch bevor die Koranrezitation beendet war. So starrte er nur wehmütig auf seinen teuren englischen Wollpullover, der seine Wärme an die Bodenfliesen verschwendete. Neben diesem lag seine eng und sorgfältig gebundene Krawatte mit dem langen, schmalen, glänzenden Ende; und dicht daneben, fast schon darüber, lagen seine großen, altmodischen Baumwollunterhosen und gaben den Umfang seines Bauches und die Form seiner Schenkel preis, stellten alles mit schonungsloser Offenheit und ohne Rücksicht auf allgemein übliche Anstandsregeln zur Schau.

Die Rezitation war beendet. Er begann zu überlegen, was für eine Bewegung er zuerst machen sollte und kam zu dem Schluß, daß es am schicklichsten wäre, erst einmal die Arme zu heben. Vielleicht hob er auch tatsächlich die Arme, denn auf einmal wurde das dichte Haar unter seinen Achseln sichtbar. Dennoch war ihr nicht die geringste Verlegenheit anzumerken. Immer noch saß sie mit halb entblößten, leicht gespreizten Schenkeln da und las – in der natürlichen Sitzhaltung einer modernen Frau, die in ein Buch vertieft ist, der natürlichen Konzentration eines gebildeten Menschen. Er hätte nicht gedacht, es wäre ihm niemals in den Sinn gekommen, daß die Versenkung in irgendetwas, egal wie tief oder wie gebildet, zwischen eine Frau und einen nackten Mann treten könnte.

Als die Stimme des Rezitators verstummt war, streckte sie wieder mechanisch die Hand aus und drehte ein wenig nervös am Knopf. Eine dröhnende Stimme begann, die Nachrichten zu verlesen. Wäre sie allein gewesen, hätte sie vielleicht einen anderen Sender gesucht; aber sie wußte, daß er dort in seinem Sessel saß, den steifen Hals mit einer Krawatte zugeknotet, den Oberkörper durch zwei Reihen Knöpfe sorgfältig eingeschlossen, die Schenkel sittsam aneinandergepreßt – in der Haltung eines modernen Mannes, der einer Radiosendung zuhört. Ihre Augen wanderten verstohlen von der Buchseite über ihre weichen, weißen Arme, und als sie darauf ein paar störende, vulgäre Härchen entdeckte, erinnerte sie sich an ihren Termin im Kosmetiksalon.

Er verlor allmählich die Fassung. Was sollte er tun, damit sie endlich von ihrem Buch aufblickte? Seine Finger in den Mund stecken und pfeifen, wie er es als Kind getan hatte, wenn er barfuß und halbnackt auf der Straße spielte? Mag sein, daß er wirklich seine Finger in den Mund steckte, aber er pfiff nicht. Sein Mund war gar nicht mehr in der Lage, solch ordinäre Laute zu erzeugen. Nackt und unbeweglich wie eine Statue blieb er stehen. Plötzlich wurde es ganz still im Raum. Vielleicht war der Strom ausgefallen. Als sie ihren Kopf hob, war alles in Dunkelheit gehüllt. Wäre er nicht einen Schritt zurückgetreten, wäre sie, als sie zur Bibliothek hinüber wollte, unweigerlich mit ihm zusammengestoßen. Als sie mit einem anderen Buch zurückkam, war der Strom wieder da, und er saß in seinem Sessel, voll bekleidet und voller Würde.

Das Feld

Er lag an der Stelle, die zentimetergenau für ihn abgezirkelt worden war, unter ihm fester, glatter Boden, der Kälte und Feuchtigkeit ausströmte wie Badezimmerkacheln, und überall um ihn herum Berge von weichem, warmem und verschwitztem Fleisch unterschiedlicher Form und Größe: Arme, Beine, Köpfe, Rücken, Bäuche... alles Menschen – der Wärme und dem Geruch ihres Atems nach zu urteilen. Möglicherweise waren sie nicht *alle* Menschen. Er wußte es nicht. Er hatte noch nie neben einem Pferd oder einem Esel gelegen, deshalb kannte er den Unterschied nicht, doch er war sich fast sicher, daß es alles Menschen waren. Er war sich auch fast sicher, daß er einer von ihnen, daß er wie sie ein Mensch war. Doch völlig sicher war er sich nicht. An diesem Ort erscheinen die Dinge nicht so, wie sie wirklich sind, sondern anders, vollkommen anders, so anders, daß sie nicht sind wie immer, sondern manchmal sogar das genaue Gegenteil. Eine Gewißheit zum Beispiel war nicht mehr die Gewißheit, die er kannte, war alles andere als Gewißheit, wurde mehr zur Ungewißheit. Und diese Ungewißheit war auch nicht wie Ungewißheit, sondern eine eigenartige Form davon, die irgendwo zwischen Gewißheit und Ungewißheit schwankte und doch weder das eine noch das andere war... dieser ungewöhnliche Zustand, in dem wir uns zuweilen befinden, vielleicht, wenn wir schlafen; eigentlich nicht direkt während des Schlafens, sondern in dem flüchtigen Augenblick kurz bevor wir einschlafen oder das Bewußtsein verlieren und vielleicht auch kurz vor dem Sterben. Es ist ein Augenblick, den weder ich noch sonst jemand beschreiben kann, höchstens jemand, der den Tod erfuhr, wieder erwacht ist und einen Stift in die Hand genommen hat, um uns diesen Augenblick genau zu beschreiben. Und das ist noch nie geschehen.

Aber für ihn ist dies alles nicht so wichtig. Nichts von dem, womit wir uns beschäftigen, beschäftigt ihn. Er käme nicht einmal darauf, so zu denken: ob das, was ihm geschieht, tatsächlich geschieht oder nicht, ob er liegt oder nicht, ob dieser Augenblick, den er innerhalb der ihm gegebenen Zeit erlebt, im Wachzustand, im Schlaf oder im Tod stattfindet. Dies sind alles unwichtige Dinge, über die er sich keine Gedanken zu machen braucht. Etwas weitaus Wichtigeres beschäftigt ihn, er ist von etwas für ihn Lebenswichtigem in Anspruch genommen, von etwas absolut Grundlegendem und Zwingendem... von etwas Notwendigem, das uns gar nicht in den Sinn kommt, weil es für uns unwichtig ist; und wenn es doch einmal von Bedeutung ist, dann ist es überall und jederzeit vorhanden und verfügbar... wie die Luft, die wir aus der Atmosphäre einatmen, ohne daß sie jemals zur Neige ginge, wie die Erde, über die wir gehen und laufen, ohne daß sie unter unserem Gewicht einbräche oder es auf ihr wegen der großen Zahl von Menschen zu eng würde.

Er ist aber keiner von uns. Genauer gesagt, er ist nicht länger einer von uns. Vieles hat sich für ihn geändert. Nicht allmählich und mit der Zeit wie im normalen menschlichen Leben, sondern ganz plötzlich... wie in einem Orkan, der über alles hinwegrast und alles hinwegfegt, oder bei einer Sturmflut, die alles unter sich begräbt, oder bei einem Erdbeben oder einem Vulkanausbruch, die alles zerstören. Von einer zur anderen Minute hat sich alles verändert, in einem jener Momente, die der ersten schwachen Dämmerung des neuen

Tages oder der ersten schwachen Dämmerung des Bewußtseins vorangehen... bevor man ganz aus dem Schlaf erwacht und bevor man Anzug und Schuhe anzieht. Ja, es war keine Zeit mehr, sich Anzug und Schuhe anzuziehen, obwohl er es wollte. Wie kann er sein Haus ohne Anzug und Schuhe verlassen? Ein paar Sekunden gingen verloren, weil er sich ankleidete, und nun blieb ihm keine Zeit, seinem kleinen Sohn, der im Nebenzimmer schlief, Lebewohl zu sagen. Er wünschte, er hätte es vor dem Weggehen tun können, aber in jenem Augenblick schien es nicht notwendig zu sein. Sich mit Anzug und Schuhen zu bekleiden, schien notwendiger. Ja, manche Dinge schienen eben wichtiger als andere. Mit dem Abteilungsleiter zu dinieren, hielt er für wichtiger, als einen Abend mit seinem kleinen Sohn zu verbringen. Alles, was mit dem Abteilungsleiter zu tun hatte, schien wichtiger als alles sonst. Aber nun hatte er seinen Anzug ausgezogen, hatte seine Schuhe ausgezogen, brauchte sie nicht mehr; und sein kleiner Sohn würde beim Erwachen feststellen, daß er verschwunden war, ohne ein Wort zu sagen.

Doch all dies kommt ihm jetzt nicht in den Sinn. Er braucht nicht mehr an seinen Sohn zu denken. An andere zu denken, ist reiner Luxus. Und was für ein Luxus war es, an jemand anderen als sich selbst zu denken, an etwas anderes als an seinen Körper, an diesen Körper, den er nie für so voluminös gehalten hatte. Er hatte keine Vorstellung davon gehabt, welchen Umfang sein Körper hatte. Er hatte vielleicht die Länge und das Gewicht gekannt, aber das Körpervolumen? Wer von uns macht sich schon Gedanken über das Volumen seines Körpers und darüber, wieviel Platz er beansprucht? Niemand tut dies, es ist auch gar nicht notwendig, da der Raum zwischen Himmel und Erde groß genug ist, allen Menschen Platz zu bieten, mehr als groß genug sogar.

Aber nichts ist mehr so, wie es war. Alles hat sich mit erschreckender Geschwindigkeit verändert. Statt eines Himmels gibt es nur noch eine hohe Mauer, aus der lange, dünne Stäbe wie ein Eisengitter herausragen. Und statt der Erde gibt es nur noch kleine Felder, unterteilt und abgezirkelt wie auf einem Blatt Millimeterpapier. Ihm steht nur ein einziges dieser Felder zur Verfügung, das, würde es mit einem Lineal abgemessen, nicht einen Zentimeter größer oder kleiner würde. Es könnte allerdings kleiner werden, wenn die Menge der Felder zunähme; und die kann durchaus zunehmen, nimmt sogar immer zu – wie bei einer lebenden Zelle, die sich ununterbrochen teilt und vermehrt.

Doch er denkt jetzt nicht daran, was später sein wird und ob die Menge zunehmen wird oder nicht, ob der Raum, der für ihn ausgemessen wurde, kleiner werden wird oder nicht. Darüber zerbricht er sich nicht den Kopf, denn sich Gedanken über die Zukunft zu machen, ist ein Luxus, den sich nur einer leisten kann, der weit vorausdenkt und die Gegenwart überwindet. Er aber lebt in der Gegenwart, genauer gesagt, sie lebt ihn und schließt ihn mit ein. Er lebt in ihr, sie umgarnt ihn in ihrem Netz wie eine Spinne. Das allein ist schon fremdartig und erschreckend, denn statt daß er den Augenblick lebt und ihn in sich aufsaugt, ergreift jener plötzlich ihn, windet sich um ihn und saugt ihn auf.

Aber er wird nicht völlig aufgesogen. Er verschwindet nicht, selbst wenn er das wollte. Trotz allem bleibt er bestehen, lebt er weiter. Ja, daß er lebt, ist in der Tat das einzige, dessen er sich bewußt ist, und sein Körper ist das einzige, das er fühlt. Nie zuvor war er sich seiner Existenz so bewußt, hat er seinen Körper so intensiv gefühlt. Der Körper als solcher oder als ein unbestimmter Haufen Fleisch hat ein Gewicht und eine Größe, die wir nicht wahrnehmen. Ohne daß er uns stört oder behindert, tragen wir ihn überall mit uns herum. Essen wir, so ißt er ungehindert; haben wir sexuellen Verkehr, macht er ungeniert mit; schlafen wir, dann schläft auch er.

Aber für ihn sieht jetzt alles anders aus. Er weiß weder, wie noch warum sich alles geändert hat. Er weiß gar nichts. Er weiß nur, daß er einmal ein Mensch war, daß er eine Ehefrau und einen Sohn hatte, ein Haus und ein Bett, in dem er schlief. Er hatte ein Büro, an dessen Tür ein Bürodiener stand, und einen Chef, der Abteilungsleiter war. Er arbeitete schwer... den ganzen Tag und bis in die Nacht hinein. Er wußte nicht genau, was er eigentlich bearbeitete, aber er arbeitete, ohne viel zu fragen und erhielt ein angemessenes Gehalt für seine Arbeit. Er hatte einen guten Ruf; er erfüllte seine religiösen Pflichten, trank nicht, spielte nicht, stahl nicht und log nicht. Nun ja, vielleicht log er auch zuweilen, aber dann war es diese Art Lüge, die man eigentlich gar nicht Lüge nennen kann. Er pflegte den Abteilungsleiter zu Dinnerparties zu begleiten und erzählte seiner Frau, er nehme an einer Sitzung des ständigen Ausschusses teil. Eine Art Notlüge, die niemanden außer seine Frau verärgerte. Und der Ärger seiner Frau war kaum erwähnenswert, fügte er ihm doch keinen nennenswerten Schaden zu.

Er war also einmal ein Mensch gewesen: durchschnittlich, angesehen, von gutem Ruf, mit einem Haus mit drei Zimmern, einem Bett, auf dem er schlafen und ungehindert seine Beine ausstrecken konnte. Was also war geschehen? Wann? Wie? Und warum? War es eine Art Bestrafung? Und wenn es eine Bestrafung war, womit hatte er sie verdient? Und wer hatte sie angeordnet und genehmigt?

Viele Fragen, die uns einfallen, kommen ihm jetzt nicht in den Sinn. Denn Fragen, die sich auf Vorkommnisse und Gedanken aus der Vergangenheit beziehen, sind wie Gedanken über die Zukunft ein Luxus, den sich nur leisten kann, wer über die Gegenwart hinaussieht oder in der Lage ist, über sie hinauszusehen. Er jedoch ist nicht imstande, sich dem Zugriff der Gegenwart zu entziehen. Er ist ihr in die Falle gegangen und wird von ihr umschlungen und festgehalten, so daß ihm nichts anderes übrigbleibt, als sich ewig in ihr im Kreis zu drehen oder zu ersticken, zu sterben und sich in Nichts aufzulösen.

Doch er löst sich nicht in Nichts auf. Dafür gibt es keine Anzeichen. Sein Körper ist immer noch vorhanden, erscheint ihm sogar größer, als er immer glaubte. Er hätte nie vermutet, daß sein Körper so groß war, daß seine Beine ausgestreckt so lang werden konnten. Wenn er doch nur kleiner wäre; wenn seine Beine doch nur kürzer wären... vielleicht hätte er sich dann leichter zusammenrollen können... vielleicht hätte er dann den ihm zugewiesenen Raum besser nutzen können... jenes kleine Fleckchen Erde... mit dem Lineal gezogen und abgemessen, das sich niemals auch nur um einen Zentimeter vergrößerte, wie groß sein Körper auch wurde, wie lang seine Beine, wie hoch sein Dienstrang, wie gut sein Verhältnis zum Abteilungsleiter auch war. Hier ist jeder gleich: der Dünne und der Dicke, der Große und der Kleine, der Gebildete und der Ungebildete, der Bürodiener und der Direktor, alle sind gleich... so gleich wie die Zähne eines Kammes; alle tragen den gleichen Stoff, essen vom gleichen Teller, urinieren in das gleiche Gefäß, liegen auf kleinen, kachelähnlichen Feldern, eingezeichnet und abgezirkelt und gleich groß, und jedem steht nur ein einziges Feld zur Verfügung.

Diese Gleichheit selbst ist schon ehrfurchtgebietend und furchteinflößend. Es ist nicht die Gleichheit in dem

Sinne, daß jeder vom gleichen Teller ißt, den gleichen Stoff trägt, in das gleiche Gefäß uriniert wie die anderen, oder daß er wie die anderen in einem Feld liegt. Es ist nicht die tatsächlich vorhandene Gleichheit, sondern eher ein *Gefühl* von Gleichheit, das Gefühl, einer dieser Fleischberge zu sein, die sich in endlosen Reihen erstrecken. Nichts unterscheidet ihn von dieser Masse, nichts beweist, daß er er selbst ist und nicht irgendwer. Kein Name, kein Titel, keine Kleidung, kein Zeugnis, kein Rang, kein Abzeichen, nicht einmal eine Unterschrift oder ein Fingerabdruck. Er haßt die Gleichheit nicht, genauer gesagt, hatte sie nicht gehaßt. Er hatte viel über sie gelesen und war von ihr begeistert gewesen. Wie oft hatte ihn der Anblick eines bettelnden Kindes gerührt oder der Anblick eines wohlgenährten, reichen Mannes geärgert. Häufig empfand er Rührung und Ärger, und jedesmal war es aufrichtig... aufrichtiger als beim vorigen Mal, so aufrichtig, daß ihm manchmal Tränen in die Augen gestiegen waren. Aber jetzt erinnert er sich an nichts mehr, denn die Erinnerung ist ein Luxus, den nur einer genießen kann, der auf dem Rücken oder Bauch liegen und seine Beine ungehindert ausstrecken kann. Er kann aber seine Beine nicht ausstrecken, denn der Raum ist knapp, nicht größer als ein gekacheltes Viereck, und um ihn herum sind Arme und Beine und Köpfe und Bäuche, umgeben ihn von allen Seiten, bedrängen ihn aus allen Richtungen, während er mit ganzer Kraft und größter Anstrengung versucht, sich zusammenzurollen, sich kleiner zu machen, sich zusammenzuziehen, zu schrumpfen, sich in den abgemessenen Raum hineinzuzwängen und das Feld zu belegen. Es ist ihm unklar, wie er es schaffen soll, seinen riesigen Körper auf ein solch winziges Maß zusammenschrumpfen zu lassen, wie er sich so zusammenrollen soll, daß er nicht größer als ein Embryo ist. Wie das gelingen soll, weiß er nicht. Doch er weiß, daß es ihm gelingen muß. Es bleibt keine andere Wahl. Der Raum ist abgemessen, nur ein einziges Feld, und es gibt keinen Grund, warum es sich auch nur um einen Zentimeter vergrößern sollte. Sein Körper ist immer noch sein Körper mit unveränderter Masse und Größe, und er sieht keine Möglichkeit, sich in einen Embryo zurückzuverwandeln. Aber er muß in das Feld hinein. Ja, er muß. Warum muß er? Und wie? Er weiß es nicht, weiß nur, daß es sein muß. Vielleicht nach einer enormen, übermenschlichen Anstrengung, vielleicht nach unendlich langer Zeit, vielleicht nach irgendwas – letztlich wird es geschehen.

Doch noch gelingt es nicht. Sein Körper behält seine Größe. Um ihn sind heiße und verschwitzte Arme, Beine, Köpfe und Bäuche, drücken und quetschen von allen Seiten. Aber zerquetscht wird er nicht, und auch seine Statur und seine Größe ändern sich nicht – wie ein Quecksilberkügelchen, das jedem Druck widersteht und unter jedem Gewicht eine Quecksilberkugel bleibt. Er ist nicht schwächer als ein Kügelchen Quecksilber. Er wehrt sich mit aller Kraft, widersteht der Größe seines Körpers und der Länge seiner Beine, widersteht der Dichte seines Fleisches und seiner Knochen, wehrt sich mit all seiner Kraft, mit aller Macht und all seinen Gedanken. Er wehrt sich unaufhörlich, ohne nachzulassen oder zu verzweifeln. Er rollt sich zusammen, schrumpft zusammen und zieht sich in sich selbst zurück wie eine Schnecke, die versucht, sich in ein enges Loch zu zwängen, wie eine Schnecke... nun ja, nicht ganz genau so, denn er ist keine Schnecke, sondern ein Mensch, ist elastischer, kräftiger und gewandter. Er hatte ein Büro, einen Bürodiener und einen Abteilungsleiter. Er hatte eine Frau, einen Sohn und ein Haus mit drei Zimmern. Er hatte ein Bett... ja, ein großes Bett, auf dem er sich rücklings oder bäuchlings lang legte, die Augen schloß und träumte. Er träumte wie jeder andere auch, willentlich oder unwillentlich. Er träumte von Diners mit dem Abteilungsleiter, von einer Beförderung, von Gleichheit unter den Menschen. Ja, wie andere auch pflegte er jede Nacht zu träumen. Vielleicht träumt er ja auch jetzt. Aber er hat nicht sein Bett unter sich, sondern den Boden, der hart und feucht ist wie der Fußboden im Badezimmer, und seine Augen sind nicht geschlossen, seine Beine nicht ausgestreckt wie im Schlaf, sondern vor den Bauch gezogen und abgewinkelt. Wie konnten seine Beine so biegsam werden? Wie wurden seine Gelenke so beweglich? Wieso lassen sich seine Knochen krümmen? Er weiß es nicht. Er war kein Yoga-Experte, sondern ein denkender Mann, der sich seinen Lebensunterhalt durch geistige Arbeit verdiente, der nur dann einen Muskel bewegte, wenn es unbedingt nötig war. Seine Gelenke waren wegen des Bewegungsmangels völlig steif geworden. Wenn er sich setzte oder erhob, knarrten sie manchmal wie eingerostete Türangeln – was ihn aber nicht störte, denn er war ja trotzdem in der Lage, zu gehen, zu stehen, zu sitzen, zu essen und mit einer Frau zu schlafen. Außerdem knarrten nicht nur *seine* Gelenke. Oft hörte er die seiner Kollegen, sogar die des Abteilungsleiters.

Aber das hat sich erstaunlich geändert. Niemand würde es für möglich halten, daß dieser runde, zusammengerollte Haufen früher ein richtiger Mensch war oder wieder einer werden könnte, wenn man ihn frei und sich ausstrecken ließe. Niemand könnte sich das vorstellen. Aber es geht hier nicht um Vorstellung oder Traum. Alles ist Wirklichkeit, ist so real wie der harte, kalte Boden unter seinem Hintern; so real wie die Wärme, deren menschlicher Geruch ihm in die Nase steigt; so real wie die Existenz seines Körpers mit seinem Gewicht und seiner

Größe... der so real ist, daß alles andere irreal zu sein scheint. Nichts anderes scheint zu existieren oder jemals existiert zu haben. Weder sein Büro noch sein Bürodiener, weder sein Abteilungsleiter, seine Frau, sein Sohn noch sein Haus und nicht einmal sein Bett. Vielleicht war sein ganzes früheres Leben nur ein Traum... ein sehr langer Traum. Vielleicht war es Hoffnung oder Einbildung oder ein Wunschtraum. Jetzt befindet er sich mit seinem großen Körper in diesem kleinen, genau abgemessenen Raum und versucht, in das Feld zu passen. Aber er paßt nicht hinein. Das Feld ist kleiner als sein Körper, sein Körper ist größer als das Feld. Doch es muß ihm gelingen, diesen Augenblick muß er überwinden. Diesen Augenblick, der ihn einschließt, umspannt und zügelt wie Zaumzeug oder eine Eisenkette... diesen unendlichen und immer länger werdenden, sich bis in die Ewigkeit erstreckenden Augenblick. Wie kann ein Augenblick nur so lang sein? Wie nur waren zuvor die Augenblicke zerronnen? Wird dieser Augenblick je vergehen...? Er weiß es nicht. Er weiß nur, daß er vergehen muß. Vielleicht nach langer, langer Zeit. Wie lang das sein wird, weiß er nicht. Vielleicht mit Hilfe enormer, übermenschlicher Anstrengung. Aber schließlich wird er verrinnen... er wird verrinnen, wie jeder andere Augenblick im Leben auch verronnen ist...und vielleicht sogar genauso lautlos...

Der Mann

In einem jener seltenen Augenblicke, die so selten sind, daß nur wenige, vielleicht die allerwenigsten Menschen, ihn je erleben, war das Glück auf ihrer Seite. Besser gesagt, es gaukelte ihr dies vor. Denn unerklärlicherweise stand sie plötzlich dem reinen, unverfälschten Leben unmittelbar gegenüber, so überraschend, wie jemand vom Blitz getroffen tot umfällt und sein Geheimnis mit ins Grab nimmt. Vielleicht ist er aber besonders widerstandsfähig und nicht gleich mausetot, sondern verfällt in einen Geisteszustand irgendwo zwischen Bewußtsein und Bewußtlosigkeit, in dem er so verwirrt ist, daß er weder Wirklichkeit von Traum noch Wach- von Schlafzustand zu unterscheiden vermag.

In einem solchen Augenblick streckte Khadija ihre Hand aus und öffnete die Tür. Wie vom elektrischen Schlag getroffen, verlor sie die Gewalt über Sprache und Bewegungen. Wie angewurzelt blieb sie stehen, das Blut erstarrte in ihren Adern. Ihr Herz hätte aufgehört zu schlagen und das Leben hätte sie ganz verlassen, wäre ihr nicht die Sehkraft erhalten geblieben; es war, als sei dem Körper alles Leben entwichen, um sich in den Augen zu konzentrieren. Khadijas Augen bot sich ein merkwürdiges Bild. Wenn sie sich auch nicht sicher war, ob sie wachte oder träumte, so sah sie ihn doch deutlich. Beim ersten Blick auf den Kopf erkannte sie sofort Ashmawis krauses Haar und seinen bulligen, dunklen Nacken. Doch in jenem Moment war ihr, als sei dies der Kopf eines fremden Mannes und nicht eines, den sie je zuvor gesehen oder mit dem sie gar zehn ganze Jahre zusammengelebt hatte. Vielleicht aus diesem Grund betrachtete sie das Bild, das sich ihr bot, ohne jede Empfindung, so gleichgültig wie einen Film oder eine Theateraufführung; oder wie eine Zirkusvorstellung, in der die Tiere so erstaunliche Kunststücke vollführen, daß man verblüfft ausruft: Du meine Güte!

Als Khadijas Mund sich öffnete und sie mit erstaunter, heiserer Stimme ausrief: du meine Güte!, traf der bestürzte Blick aus zwei weit aufgerissenen Augenpaaren ihren eigenen starren Blick. Sie war so erschrocken, daß ihr die vier Augen zunächst nicht menschlich vorkamen; doch schnell erkannte sie an der gelblichen Hornhaut und den hängenden Lidern die Augen Ashmawis. Das zweite Augenpaar verschwand in der gleichen Sekunde, in der sie es wahrgenommen hatte, als wäre es nur ein Einzelbild in einem Film und nicht das Augenpaar einer lebenden, greifbaren Person gewesen.

Auf den ersten Blick war Ashmawi ebenfalls verwirrt und nicht ganz sicher, ob diese weit aufgerissenen, auf ihn gerichteten Augen die tiefliegenden, finsteren Augen von Khadija waren. Vielleicht war auch er sich nicht im klaren, ob das, was geschah, Wirklichkeit oder nur ein Alptraum war. Unwillkürlich betastete er mit einer Hand seinen Körper, um sich zu vergewissern, daß er wach war, und seine Finger streiften dabei den nackten Rücken. Die Wirklichkeit erschlug ihn wie eine schwere Mauer, unter der er sich nicht mehr rühren konnte. Es gelang ihm einzig, sein Gesicht in dem dicken Perserteppich zu vergraben; sein übriger Körper hingegen blieb reglos, für jedermann sichtbar, nackt und bloß auf dem Boden liegen. Khadija sah ihn deutlich, konnte einzeln seine Rückenwirbel zählen. Sie hätte nicht gedacht, daß sein Körper so schmächtig war, seine Schulterblätter so klein und kantig. In seinem Anzug erschien er ihr stark und breitschultrig. Als er bei ihrem Vater um ihre Hand angehalten hatte, war sie sofort einverstanden gewesen. Sein Vater war Landpächter bei ihnen, aber er hatte seinen Sohn zur Schule gehen lassen. Ashmawi war Regierungsangestellter geworden und trug einen Anzug. Viele andere Bewerber aus dem Dorf hatte sie zurückgewiesen, sogar den Sohn des Bürgermeisters, der allein zehn Morgen Land besaß, aber nicht bei der Regierung angestellt war und immer noch die *Galabia* trug. Sicher, diese war aus teurem Baumwollstoff, aber eben doch eine *Galabia*, die ihm von den Schultern hing und um die Beine schlabberte wie bei einer Frau. Ein Mann durfte, um ein Mann zu sein, keine hängenden Schultern haben, sie mußten aufrecht und breit sein – genau dazu verhilft ein Jackett. Und er mußte einzelne, deutlich voneinander unterscheidbare Beine haben, so daß er jedes einzeln mit Zuversicht und befreit bewegen konnte. Das war für sie, was Männlichkeit von Weiblichkeit unterschied, und das war nur durch Hosen zu erreichen.

Zum ersten Mal in ihrem Leben sah Khadija Ashmawi unbekleidet. Wohl hatte sie ihn im Schlafanzug gesehen, wenn er zu Bett ging und wenn er aufstand, doch niemals völlig nackt. Selbst in jenen Momenten, in denen sie ihn unbekleidet hätte sehen können, wagte sie nicht, die Augen zu öffnen. Sie war eine sittsame Frau aus gutem Hause und es geziemte sich nicht für sie, in solchen Augenblicken hinzusehen. Nicht die Sittsamkeit allein hielt sie davon ab, etwas so Würdevolles wie den Körper eines Mannes heimlich zu betrachten, sondern auch Angst und große Ehrfurcht. Sie fürchtete sich vor ihm und wich ihm aus. Wann immer er sich ihr näherte und seine Arme um sie legte, fing sie an zu zittern. Sie konnte sich keine

Ehefrau vorstellen, die glücklicher war als sie und auch keinen Ehemann, der liebevoller war als Ashmawi. Ja, Ashmawi liebte sie, dessen war sie sich sicher. Er gab sich alle Mühe, sie glücklich zu machen... wirklich alle Mühe.

Die Worte ,wirklich alle Mühe' geronnen in ihrer Kehle zu einem Kloß. Dumpfe, uralte Empfindungen stiegen aus einem dunklen Winkel tief in ihrem Inneren auf, als würde eine Nadel sich in ihren Schädel bohren, um irgendeinen abstrusen Gedanken herauszustochern, der ihr sonst nicht in den Sinn gekommen wäre. Ashmawi gab sich alle Mühe, sie zufriedenzustellen. Es fiel ihm schwer. Gegen seinen Willen, gegen seine eigenen Wünsche versuchte er, sie zufriedenzustellen. Ashmawi begehrte sie nicht, hatte sie nie geliebt. Selbst im Zustand höchster Ekstase, wenn er sie mit Geschenken und Liebe überschüttete, sogar auf dem Höhepunkt der sexuellen Lust empfand sie tief in ihrem Inneren etwas, das sie von ihm trennte wie eine kalte Glasscheibe, etwas wie ein chronisches Geschwür, das weder an die Oberfläche drang und aufplatzte noch von weißen Blutkörperchen gefressen wurde und abstarb. Aber sie hatte nicht darunter gelitten, hatte es immer verdrängen können. Manchmal hatte sie sich selbst Vorwürfe gemacht und ihrem Körper die Schuld an ihrem unersättlichen Verlangen und ihrer Gier gegeben. Doch es gab Tage, an denen nichts geholfen hatte und sie fast schmecken konnte, wie aus den Tiefen die Bitterkeit emporstieg und ihr Inneres vergiftete.

Als hebe sich ein Schleier oder eine Wolke von ihrem Gedächtnis, dachte Khadija auf einmal an Dinge, an die sie nie zuvor gedacht hatte, wurden ihr Dinge bewußt, die ihr nie zuvor bewußt gewesen waren: Wie oft Ashmawi überraschend auf Geschäftsreise gegangen war. Jeden Abend war er ausgegangen unter dem Vorwand, an einer

Besprechung teilnehmen zu müssen. Wie viele Nächte hatte sie sich schlaflos von einer Seite auf die andere gewälzt, während er schnarchend neben ihr lag. Wenn er sich ihr näherte und sich bemühte, ihre Sehnsüchte zu erfüllen, war das, so sehr sie auch versuchte, sich zu öffnen, meistens mißlungen. Vielleicht hatte er sie noch nie befriedigt. Sie hatte ihm und sich selbst etwas vorgemacht. Aber ihr Körper täuschte sie oft, hatte sich weiter an den seinen geklammert, den Höhepunkt flehentlich herbeigesehnt. Doch er kam nicht, und die Sehnsucht ihres Körpers wurde nicht gestillt. Er gab nicht eher nach und blieb spannungsgeladen, bis Erschöpfung und Müdigkeit ihn befreiten und er zitternd und bebend wie ein geschlachtetes Huhn in sich zusammenfiel, ganz ruhig wurde und reglos liegenblieb.

Ashmawi hatte sich noch immer nicht von der Stelle gerührt. Khadija sah es und wußte Bescheid. Warum sollte er sich auch bemühen? Er bemühte sich oft; versuchte oft, sich zu bemühen. Aber jetzt war ihr alles klar. Sie war von sich aus zu ihm gekommen, also mußte sie auch die Konsequenzen tragen. Sie war eine Frau, ganz gleich, was geschehen war, und er war immer noch der Mann. Vielleicht hatte sie ihn nie richtig als Mann gesehen, dennoch er war für sie ein Mann. Und nicht nur irgendein Mann, sondern ein geachteter Angestellter und der Büroleiter des Generalstaatsanwalts. Wann immer sie ihn in seinem Büro aufsuchte, zu jeder beliebigen Zeit, sah sie mit eigenen Augen, wie die anderen Angestellten, ob hoch oder niedrig, sich vor ihm verneigten, sah, wie Generaldirektoren ihn um Erlaubnis baten, den Generalstaatsanwalt sprechen zu dürfen, sah, daß er jeden von ihnen am Telefon verlangen konnte. Nachdem Ashmawi die Abschlußprüfung am Lehrerseminar abgelegt hatte, konnte er zwischen zwei Stellen wählen: der eines Lehrers oder der des Privatsekretärs eines Direktors. Er hatte es abgelehnt, Lehrer zu werden, denn was war das schon wert? Man lebte als Lehrer und starb als Lehrer, bestenfalls als Schulleiter. Als Privatsekretär hingegen konnte man sich an eine einflußreiche Persönlichkeit klammern wie eine Laus an die Kopfhaut; und damit standen einem alle Wege offen. Alle Angestellten, die es vor ihm zu etwas gebracht hatten, hatten eine enge Bindung an eine hochstehende Persönlichkeit. Gab es eine engere Beziehung als die eines Privatsekretärs zu seinem Vorgesetzten?

Ashmawi gehörte zu den Menschen, die zum Privatsekretär wie geschaffen sind: die Sorte Mensch, die keine eigene Persönlichkeit hat, keine eigenen Gedanken, keine persönliche Meinung oder ein Privatleben, ja, nicht einmal einen eigenen Körper; die sind wie ein Stück Sülze, durchsichtig wie eine Glasscheibe, durch die eine andere Persönlichkeit sichtbar wird, wie ein Spiegel, der ein Bild wiedergibt, immer das Bild eines anderen, ein Bild, welches das Original überlagert, aber niemals das Original selbst zeigt.

Ashmawi hatte keine genaue Vorstellung davon, was eigentlich die Aufgabe eines Privatsekretärs war, aber er nahm an, daß er die Rolle eines Leibwächters spielen und seinen Körper in einen Schutzschild für seinen Direktor, später dann für den Generalstaatsanwalt verwandeln mußte; daß er sich zwischen diesen und die anderen stellen mußte; daß er bei jeder Konferenz um ihn herum zu sein hatte; daß er sein Büro zu einer Art Sieb machen mußte, das alle Personen bis auf bestimmte mit bestimmter Größe und bestimmtem Gewicht zurückhielt. Ein Privatsekretär mußte in der Lage sein, sie am Telefon an ihrem Tonfall zu erkennen, an ihrem Gang, wenn sie sein Büro betraten, an der Art, wie sie eine Zigarette in den

Mund steckten oder sie aus dem Mundwinkel nahmen, an ihrer Ausdrucksweise, insbesondere, wenn sie vom Generalstaatsanwalt sprachen – ob sie ihn beispielsweise ‚Majid *Bek*‘ nannten, ob sie das Wort ‚*Bek*‘ wie ein Untergebener gegenüber einem Vorgesetzten aussprachen oder wie ein Gleichrangiger gegenüber seinesgleichen oder wie ein *Bek* gegenüber einem *Bek*. Manche nannten ihn nicht ‚Majid *Bek*‘, sondern ‚Professor Majid‘; andere brauchten nur ‚Majid‘ zu sagen, um dem Privatsekretär zu verstehen zu geben, daß zwischen ihnen und dem Generalstaatsanwalt eine große Vertrautheit herrschte. All diese kleinen Dinge mußten aufs genaueste beachtet werden, und Ashmawi lernte, sie perfekt zu beherrschen. Nachdem er einige Berufserfahrung gesammelt hatte, wurde ihm bewußt, daß seine Aufgabe lediglich im Beachten einer Reihe unscheinbarer, sehr unscheinbarer Rituale bestand, die aber wichtig, äußerst wichtig waren. So mußten vor der Tür des Generalstaatsanwalts stets zwei Bürodiener stehen. Wenn der Generalstaatsanwalt sein Büro verließ oder es betrat, mußte ein Ruck durch ihre Körper gehen; dann hatten sie gleichzeitig Haltung anzunehmen, ihre Arme zu heben und die Zeigefinger an die Stirn zu legen. Noch bevor der Generalstaatsanwalt ankündigte, daß er wegfahren wolle, mußte die Limousine schon vorgefahren und der Chauffeur zur Stelle sein, um mit der linken Hand die Fondtür zu öffnen und die rechte parat zu halten, um im gleichen Augenblick zu salutieren, in dem der kahle Schädel des Generalstaatsanwalts oben auf der Treppe erschien.

Wenn der Generalstaatsanwalt in seinem Büro saß, gab es andere winzige Details, die Ashmawi zu beherrschen gelernt hatte. Er wußte jede Körperbewegung seines Chefs zu deuten, ohne daß es irgendwelcher Worte bedurft hätte. Er erkannte beispielsweise sofort, wie ein

Kopfschütteln zu verstehen war. Ein Kopfschütteln war nicht einfach ein Kopfschütteln. Da gab es ein Kopfschütteln, das bedeutete, daß der Generalstaatsanwalt zufrieden war; ein anderes, das bedeutete, daß er unzufrieden war. Es gab eine Variante, die Ashmawi zu verstehen gab, daß er sich nicht vom Fleck rühren und in voller Breite vor einem Besucher stehen bleiben sollte, und eine weitere Variante bedeutete, daß Ashmawi den Raum zu verlassen hatte.

Ashmawi wurde zum Fachmann. Als er vom Büro des Direktors zum Büro des Generaldirektors und von diesem zum Büro des Generalstaatsanwalts aufstieg, brauchte er sich keinerlei neue Sachkenntnisse anzueignen, denn die Umgangsformen waren überall die gleichen, die Aufgaben des Privatsekretärs blieben dieselben Aufgaben, die Gewohnheiten der Angestellten ebenso, das Verhältnis von Vorgesetztem zu Untergebenem war das gleiche, und die Mentalität der Angestellten änderte sich nicht. Zu seinem Chef sprach er mit leiser Stimme, seine Untergebenen brüllte er an wie ein Löwe. Jeder Angestellte hatte, seinem Rang entsprechend, eine bestimmte Art, das Wort *Bek* auszusprechen und eine bestimmte Art, eine Akte in den Händen zu halten. Ashmawi hatte gelernt, den Rang eines Angestellten an seiner Körperhaltung, seinem Tonfall und seinen Bewegungen zu erkennen.

Ashmawi hatte auch erkannt, daß es etwas gab, das wichtiger war als alle Sachkenntnis: Befehlen Folge zu leisten, egal, ob sie persönlich oder dienstlich waren. Einer seiner früheren Chefs hatte von ihm erwartet, daß er jeden Morgen dessen Kind zur Schule brachte; ein anderer, daß er die ‚gnädige Frau‘ bei ihren Einkäufen begleitete. Wieder ein anderer schickte ihn auf den Markt, um das Fleisch für die Woche zu besorgen. Und ein weiterer Direktor forderte ihn auf, Schach zu lernen, um es in seiner Freizeit mit ihm zu spielen. Der Generalstaatsanwalt hatte ein anderes seltsames Hobby.

Der Generalstaatsanwalt gehörte zu jenen Männern, die sich für männlicher als andere Männer halten. Mag sein, daß er sich dessen nicht ganz sicher war, denn er wollte es stets beweisen. Er wußte nicht genau, wie er es anstellen mußte, damit ihm dies gelänge, doch sobald ein anderer Mann ihm begegnete, überkam ihn der starke Drang, diesen zu unterwerfen. Es war für ihn nicht die übliche Art von Unterwerfung, die zwischen einem Untergebenen und einem Vorgesetzten vorkommt, vielmehr war es ein triebhafter Drang, den anderen intellektuell, psychisch, ja, sogar physisch zu vernichten, so daß nichts von ihm übrigblieb.

Das erreichte er auf vielfältige Weise: mal sanft, mal schroff, dann wieder liebenswürdig oder indem er rückgängig machte, was er zuvor gewährt hatte. Zuweilen zeigte er sich großzügig und war so des Gebens voll, daß der Beschenkte Freude am bequemen Leben gewann, sein Hintern sich daran gewöhnte, jeden Tag in einem weich gepolsterten Wagen von zu Hause ins Büro oder vom Büro nach Hause zu fahren, seine Frau sich an das neue Appartement und das neue Budget gewöhnte, während er sich darauf umstellte, vornehme Beziehungen zu pflegen und Autorität auszuüben. Und plötzlich ließ sein Chef ihn dahin zurückfallen, wo er ihn gefunden hatte... zurückgestuft auf sein vorheriges Gehalt, ohne Anzüge, ohne Konferenzteilnahme, wieder wie eine Sardine in einen Bus gezwängt, zurück in die Zeiten, in denen er seinen Namen in eine Anwesenheitsliste eintragen mußte und auf die Minute genau aufhörte zu arbeiten, wo er wieder ein Büro, in dem es kein Telefon gab und an dessen Tür kein Bürodiener stand, mit vier anderen teilte.

Ashmawi hatte all dies selbst erfahren und herausgefunden, wie man daraus auf der ganzen Linie Nutzen ziehen konnte, wenn man im Gegenzug kleine, unmerkliche Zugeständnisse machte, Zugeständnisse unsichtbarer oder abstrakter Art, die Namen hatten wie Respekt, Männlichkeit, Achtung oder andere nicht greifbare Eigenschaften. Natürlich hatte er erkannt, daß diese Eigenschaften überhaupt nicht abstrakt waren. Noch nie hatte er erlebt, daß ein armer Mann, der keine Autorität besaß, eine dieser Eigenschaften genossen hätte; und er hatte auch nicht das Gefühl, einen Teil davon zu verlieren, wenn er sich unterwarf. Und wenn er, ganz im Innersten, doch spürte, daß er etwas verloren hatte, dann tat er es stets als etwas Geringfügiges ab, das letztendlich nicht mehr war als eine vage, unsichtbare Gefühlsregung. Da er von Tag zu Tag immer mehr Zugeständnisse machte, seine Vergünstigungen aber in gleichem Maße zunahmen, kam ihm nie der Gedanke, daß irgendwann der Tag kommen könnte, an dem seine Zugeständnisse von solchem Ausmaß wären, daß sie ihm über den Kopf wachsen würden.

Mit dem, was ihm widerfuhr, hatte Ashmawi niemals auch nur im geringsten gerechnet. Bevor es geschah, meinte er, nie wirkliche Zugeständnisse zu machen, solange alles heimlich geschah und niemand etwas wahrnahm.

Wäre sein Blick nicht dem von Khadija begegnet, hätte sich dieser Vorfall vielleicht genau so in Nichts aufgelöst wie andere zuvor . Aber nun, da sich ihre Blicke trafen, war es, als ob ein Schleier fiele, als ob er zu Bewußtsein käme und begänne, die folgenschwere Konsequenz dessen, was geschehen war, zu begreifen. Nicht bewußt wurde ihm, daß er nicht nur eine große Konzession gemacht, sondern daß er den größten Teil seiner selbst aufgegeben hatte und daß seine ganze Persönlichkeit vernichtet worden war. Es war nicht das Gewicht des Generalstaatsanwalts allein, das ihn erdrückte, es war das Gewicht sämtlicher Direktoren und Chefs, mit denen er arbeitete; das Gewicht jedes einzelnen ihrer fetten Körper und ihrer Wichtigkeit, ihrer riesigen Büros und Perserteppiche, ihrer großen, schwarzen oder farbigen Telefonapparate, ihrer langen, schwarzen Limousinen mit den roten Rücklichtern, ihrer mit grünem Fries überzogenen Türen, der roten Teppiche auf weißen Marmortreppen, der hohen massiven Wände, vollgehängt mit Gemälden in protzigen Goldrahmen, der Spiegel, Kerzen, Heizöfen und rauchgeschwängerten Korridore, Aschenbecher, Kronleuchter, Akten, Formulare, Dienstgrade, Abteilungen, Geheimpapiere, Anzüge und Auszeichnungen. All diese Dinge zusammen häuften sich zu einem einzigen Gewicht an, das ihn niederdrückte und auf seiner schmächtigen Gestalt lastete, das ihn zusammenquetschte wie ein Stück Blech oder Zigarettenpapier.

Khadija starrte noch immer auf Ashmawi, der sich, das Gesicht in den Perserteppich gepreßt, nicht von der Stelle gerührt hatte, dessen magerer Körper ausgestreckt neben dem riesigen Schreibtisch lag, welcher die halbe Raumhöhe hatte, mit einer Glasplatte über grüner Bespannung, darauf eine längliche Holztafel, in die eingraviert war: ,Einige von euch wurden ausgezeichnet vor den anderen', und hinter dem ein großer Ledersessel stand.

Vielleicht war sich Khadija bis zu diesem Augenblick ihrer Anwesenheit oder der Realität dessen, was geschehen war, nicht völlig bewußt, aber nun drang ein merkwürdiges Geräusch auf sie ein: ein unterdrücktes Schluchzen, das lauter und lauter wurde, bis es sich wie das Klagegeschrei einer Frau anhörte. Ashmawi heulte. Khadija wußte nicht, wie ihr geschah. Es war, als vergesse sie alles, was sie gesehen hatte, als ob es die vorangegangenen Augenblicke nie gegeben, als ob sie geschlafen und einen Alptraum gehabt hätte und nun erwacht sei. Sie fand sich neben Ashmawi knieend, wie sie über sein Gesicht strich und mit ihrer Hand seine Tränen wegwischte, Ashmawis Tränen, die Tränen ihres Ehemannes, ihres Mannes. Was immer auch geschehen war, er war ihr Mann, und seine Tränen drangen wie Messerstiche in ihr Inneres. Was immer auch geschehen war, er war Ashmawi, der einzige Mensch, den sie in diesem Leben hatte. Zehn Jahre unter dem selben Dach, zehn bitter-süße Jahre. Und das Süße überwog das Bittere. Steh auf, Ashmawi. Eigenhändig sammelte sie seine im Raum verstreuten Kleidungsstücke auf. Mit eigenen Händen zog sie ihm den Anzug an, den Anzug, dessentwegen sie ihn all den anderen Männern aus dem Dorf vorgezogen hatte.

Der Mann und seine Knöpfe

Vor etwa zehn Jahren leitete ich eine Klinik in Benha und hatte damit begonnen, meine schriftstellerischen Arbeiten zu veröffentlichen. Eine meiner Erzählungen mit dem Titel „Mein lieber Mann, ich liebe dich nicht" wurde in einer Zeitschrift abgedruckt. Ein paar Tage später kam eine junge, verheiratete Frau mit meiner Erzählung zu mir und verzog mißbilligend den Mund. Sie ließ mir eine Geschichte da, die sie geschrieben hatte. Neulich fand ich diese zufällig in meiner Schreibtischschublade wieder und faltete sie auseinander wie einen alten Brief.

Amin Fadel Afifi, mein lieber Mann!

Manch einer mag überrascht sein, daß eine Ehefrau ihren Mann mit seinen drei Namen anredet. Ich glaube nicht, daß heutzutage jemand einen anderen noch mit vollem Namen anspricht, ausgenommen Sicherheitsbeamte, Polizisten, Gerichtsbeamte und Ärzte, wenn sie einen Totenschein ausstellen.

Ich gebe offen zu, daß ich deine drei Namen zum ersten Mal fünf Jahre nach unserer Heirat hörte, als uns dieser Polizeibeamte aufsuchte und „Amin Fadel Afifi" durch das Guckloch in der Tür brüllte. Du erzähltest mir damals, daß es sich um eine alte Streitsache zwischen dir und deiner Schwester Fahima handele, die dich verklagt habe, weil du dir die zehn Anteile Land angeeignet hattest, die ihr Erbteil waren.

Bis zu jenem Tag war ich die gehorsame Ehefrau eines Mannes names Amin *Bek* Afifi gewesen. Da ich dir niemals direkt ins Gesicht geschaut hatte, kannte ich dich kaum. Aber ich konnte dich von anderen Männern unterscheiden aufgrund deines breiten, glänzenden, kahlen Schädels mit dem schwarzen Leberfleck auf der Stirnmitte, der, so sagte unsere Nachbarin, ein Zeichen für Frömmigkeit und Güte sei. Damals fragte ich sie, was denn ein schwarzer Hautfleck auf der Stirn mit Frömmigkeit und Güte zu tun habe. Sie sagte: Der Fleck kommt davon, daß die zarte Stirn während der vorgeschriebenen Gebete und dem demütigen Kniefall immer wieder den rauhen Boden streift. Tatsache ist, daß dieses Muttermal mir ins Auge stach, wann immer ich dich ansah, und, schlimmer noch, es ständig an meine Stirn schlug, wann immer diese Sache zwischen uns passierte. Obwohl unser Schlafzimmer in völlige Dunkelheit getaucht war, so daß ich dich nicht sehen konnte, war dieses Muttermal doch immer sichtbar, vermutlich weil es pechschwarz oder weil es so dick war. Und obwohl zwischen unseren Gesichtern immer ein Abstand blieb – denn es kam niemals vor, daß ich irgendeinen Teil deines Gesichtes berührte oder daß deine Lippen aus Versehen irgendeinen Teil meines Gesichts berührten – vermochte von allen deinen Körperteilen allein dieses Muttermal die Distanz zwischen unseren Gesichtern zu überwinden, indem es wie ein Gummiball gegen meine Stirn stieß.

Als der Polizist dich „Amin Fadel Afifi" nannte, wich die Farbe aus deinem Gesicht. Damals war ich erstaunt darüber, daß deine drei Namen eine Art Fluch zu sein schienen. Nachdem der Mann gegangen war, sagtest du, daß die Polizisten doch lauter ungehobelte Rüpel vom Lande seien, die nicht wüßten, wie man andere Leute anredete. Ich fragte dich nicht, was das Wort „Rüpel" bedeutete, hatte es jedoch schon öfter aus deinem Munde vernommen, ohne zu verstehen, was damit gemeint war.

Als ich es dich zum ersten Mal sagen hörte, wich die Farbe aus deinem Gesicht. Und wenn die Farbe aus deinem Gesicht weicht, bedeutet das, daß du wütend oder erschrocken bist. Mit ein bißchen Übung habe ich die Farbe des Ärgers von der Farbe der Furcht zu unterscheiden gelernt. Als uns ein Bus rammte, wurde dein Gesicht weiß mit einem Stich Gelb. Das ist die Farbe der Furcht. Wenn du wütend auf das Dienstmädchen bist und es mit deinen alten Schuhen schlägst, vermischt sich das Weiß ebenfalls mit einer Spur Gelb, einem anderen Gelb. Die tatsächliche Farbe deines Gesichts jedoch kenne ich nicht.

Du sprachst das Wort „Rüpel" immer mit einer rauhen, vom Speichel erstickten Stimme aus, so daß das Wort selbst eine greifbare Dichte annahm, mit der es an mein Ohr schlug wie das Muttermal an meine Stirn. Aus der Unterhaltung zwischen dir und deinem Freund im Wohnzimmer entnahm ich, daß mit „Rüpel" der neue Junge gemeint war, der zwei Tage zuvor als Untergebener in deinem Büro eingestellt worden war, und der dich „Amin Afifi" statt „Amini Bek Afifi" nannte. Dein Freund war damit beschäftigt, sich das Ohr mit einem Streichholz zu reinigen, sagte aber, als er es herausgenommen hatte und das Ende betrachtete, daß manch einer dieser Studierten nicht einmal wüßte, wie er seine Vorgesetzten anzureden hätte, daß die Erziehung schändlich versagt habe und daß man an den Universitäten nichts mehr lerne.

Ich saß draußen im Flur und hörte jeden Abend der Unterhaltung zwischen dir und deinem Freund im Wohnzimmer zu. Ich machte euch Tee, den das Dienstmädchen in kleinen Gläsern servierte, einmal, zweimal, dreimal, zehnmal. Ihr redetet über nichts anderes als diesen neuen Jungen. Die Bezeichnungen für ihn wuchsen ständig: mal nanntet ihr ihn Rüpel, dann Hohlkopf und dann wieder Trottel. Als „verrückt" bezeichnetet ihr ihn, nachdem er einem seiner jungen Kollegen zugeflüstert hatte, daß er nicht an den „Ewigen" glaube und ein anderer seiner Kollegen dieses Geflüster Wort für Wort an dich weitergegeben hatte.

Ich wußte nicht, was das Wort „der Ewige" genau bedeutete und glaubte, das sei der Name deines Chefs. Doch dann hörte ich aus dem Gespräch zwischen dir und deinem Freund heraus, daß „der Ewige" einer der Namen Gottes des Allmächtigen ist.

Wenn dein Freund nach Hause geht, machst du das Licht im Wohnzimmer aus und siehst mich im Flur sitzen und in die Dunkelheit starren. Du legst dich ins Bett, machst dich so lang und breit wie ein Krokodil, so daß für mich kaum Platz bleibt. Also schlafe ich auf dem Sofa, außer in der einen Nacht im Monat oder alle zwei oder auch drei Monate, in der du dich plötzlich und aus einem mir unerfindlichen Grund daran erinnerst, daß ich dort draußen auf dem Sofa liege und du mich dann mit rauher, vom Speichel erstickten Stimme rufst. Dann weiß ich, daß es mal wieder soweit ist und jene Sache bevorsteht, bei der das schwarze Muttermal an meine Stirn stößt und mein Körper so träge wird wie ein stehender Teich, ohne irgendein Gefühl im Herzen, weder Schmerz noch Freude, und bei der meine Haut so kalt und starr wie die einer Toten wird. Ich war jedesmal erstaunt über meine Beine, wie schwer sie waren auf dem Weg vom Flur ins Schlafzimmer. Mein ganzer Körper wurde schwer wie der eines kranken oder alten Menschen, dessen Gelenke steif geworden sind. Wie leichtfüßig steige ich hingegen die sechs Stockwerke zu unserer Nachbarin hinauf, ohne daß mir meine Beine oder mein Körper schwer werden und ohne daß ich außer Atem gerate.

Unsere Nachbarin war nicht allein in der Wohnung. In einer dunklen Ecke saß noch eine andere Person, die ich nur undeutlich sehen konnte. Ich nahm an, daß es sich um eine Frau handelte. Aber dann wandte die Person mir das Gesicht zu, und in diesem Augenblick und zum ersten Mal in meinem Leben bemerkte ich, worin der Unterschied zwischen Mann und Frau besteht. Eine Energie, ein Pochen schoß im Bruchteil einer Sekunde und mit einem Satz von meinem Herzen in meinen Mund, heiß wie Blut. Es tat ein bißchen weh, irgendwo unter meinen Rippen, auf der linken Seite an einem bestimmten Punkt genau über der unteren Herzhälfte. Es war eigentlich kein Schmerz, wurde aber eine Sekunde lang schmerzhafte, an Furcht grenzende Erregung, vermischt mit einem Glücksgefühl, das spitz wie eine Nadel in mein Fleisch stach und in Schauern über meine Haut lief wie ein den Körper schüttelndes Fieber.

Unsere Nachbarin erklärte ihm mit gedämpfter Stimme, daß ich die Frau von Amin *Bek* Afifi sei. Er lächelte, ohne sich zu rühren und sagte: Soso, Amin Afifi, der Büroangestellte. Da hörte ich zum ersten Mal, daß du noch einen anderen dritten Namen hattest. Auch er klang wie ein Schimpfwort, doch ich war darüber nicht so bestürzt wie damals, als die Polizei kam. Ich war allerdings so beschämt, daß mir der Schweiß auf die Stirn trat. Ich spürte die Form und das Gewicht jedes einzelnen Schweißtropfens und es kam mir vor, als würden plötzlich viele Muttermale, deinem ähnlich, auf meiner Stirn wachsen.

Ich versuchte, dich zu verteidigen. Fünfzehn Jahre unter demselben Dach, drei gemeinsame Mahlzeiten täglich, bei denen du jedesmal auf meinen Teller schieltest und die Brotstücke zähltest, die darauf lagen, bevor ich zu essen begann. Aber ich verteidigte dich und sagte, daß du nicht Amin Afifi, der Büroangestellte, seist. Doch es kam noch schlimmer, er gab dir noch andere Namen, die ich nicht kannte, und er erzählte Geschichten über dich, die ich nie gehört hatte. Er kannte sogar die Geschichte mit deiner Schwester Fahima und dem Polizisten und den zehn Anteilen Land, die du ihr gestohlen hattest. Und lachend erzählte er, wie du einmal zu deinem Chef gegangen bist und nur drei Knöpfe deines Jacketts zugeknöpft waren. Als du die Klingel hörtest, mußt du wohl hastig versucht haben, den vierten Knopf zu schließen, bekamst ihn jedoch in der Eile nicht richtig zu oder er steckte nicht richtig im Knopfloch. Wie dem auch sei, dieser vierte Knopf ging wieder auf, als du vor deinen Chef tratest.

Während er mir dies erzählte, erinnerte ich mich, daß du dich mit deinem Freund über den Vorfall unterhalten hast. Immer wieder hörte ich das Wort „Knöpfe", war aber an jenem Abend so müde, daß ich eurer Unterhaltung nur mit halbem Ohr lauschte. Ich hielt es für etwas Belangloses und nicht für so schwerwiegend, daß du dich dafür bei deinem Chef schriftlich entschuldigen mußtest.

Unsere Nachbarin machte mich darauf aufmerksam, daß es für mich langsam Zeit sei, wieder zu dir hinunter zu gehen. Ich war jedoch so sehr beschämt, daß ich unschlüssig stehenblieb. Zudem fiel genau in jenem Augenblick ein schwacher Lichtschein auf sein Gesicht und seinen Oberkörper, und es kam mir so vor, als ob er mich mit einer kaum merklichen Handbewegung aufforderte, näherzukommen.

Diesmal berührten wir einander. Zum ersten Mal spürte ich die Berührung, zum ersten Mal spürte ich, wie weich mein Körper war. Als meine Hand über meine Haut strich, waren meine Finger wie elektrisiert. Ich verliebte mich in meine Arme und Beine und hätte mich am liebsten selbst umarmt. Mein Körper wurde leichter und leichter. Beim Gehen berührten meine Zehenspitzen kaum den Boden, denn ich schwebte auf einem Luftkissen, das meine Füße von der Erde abhob. Das Gehen schien mir, als schwämme ich in Wasser, Wasser, das leichter als Süßwasser war.

Ich fragte ihn: Wie ist Ihr Name?

Er antwortete: Welche Rolle spielt ein Name!

Ich fragte: Was tun Sie hier?

Er antwortete: Ich denke nach, sitze in einer dunklen Ecke und komme nicht aus ihr hervor.

Haben Sie denn keinen Vorgesetzten oder Untergebene?

Ich habe keine Knöpfe, die ich zuknöpfen könnte. Keines meiner Kleidungsstücke hat Knöpfe.

Ich werde bei Ihnen bleiben. Sie sind der einzige Mann, dem ich je begegnet bin.

Aber Sie sind nicht die erste Frau, der ich begegnet bin.

Nun gut. Das ist mir egal.

Aber mir ist es nicht egal.

Warum?

Ich habe nicht genug Zeit.

Warum haben Sie sich mir vorgestellt?

Um Sie vor dem Tod zu bewahren.

Sie schicken mich zurück in den Tod.

Sie werden nicht zurückkehren, wie Sie waren. Sie werden neu geboren und als neue Frau zurückkehren.

Ich werde mein Leben nicht mehr so hinnehmen wie bisher.

So soll es auch sein.

Ich werde verrückt werden.

So soll es auch sein.

Ich sagte: Sie sagen mir, ich soll verrückt werden?

Er antwortete: Ja, das ist der Weg zur Erlösung.

Hysterisch lachend verabschiedete ich mich von ihm und ging auf die Treppe zu, um die sechs Stockwerke hinunterzusteigen. Als ich dich zur Tür hereinkommen sah – ich weiß nicht, wie mir geschah – holten meine Hände aus und ließen einen Hagel von Schlägen auf dich niederprasseln und rissen all deine Knöpfe ab.

Deine Frau Firdous

Sie

An seinen schmalen, tiefliegenden Augen kann man
nicht ablesen, was in ihm vorgeht, denn sie sind von
einem feinen, trüben Film überzogen. Er weiß nicht, ob er
das ebenso von seiner Mutter geerbt hat wie die knochigen Finger, die dicke, knollige Nase und den eingefalle-
nen Brustkorb oder ob es als weißliche, wässrige Sub-
stanz, die sich unter oder über dem Lid sammelt, aus den
Winkeln seiner feuchten Augenlider kommt, oder ob es
aus einer versteckten Öffnung irgendwo zwischen Nase
und Augen oder vielleicht zwischen Ohren und Augen
fließt. Er weiß es nicht. Er weiß nur, daß sich die klebrige,
weiße Masse jeden Tag aufs neue bildet und sich stets in
seinen Augenwinkeln sammelt, um an ihnen zu nagen
wie ein Rüsselkäfer an einer Baumwollkapsel, bis er sie
mit seinen Fingern herauspult, als wollte er sie von seinem Gesicht zupfen wie eine reife Kapsel von einer
Baumwollpflanze.

Hassan hockte auf dem Boden und seine Knie, knochig
wie der Griff eines Spazierstocks, waren unter dem Saum
seiner *Galabia* verborgen. Er reckte den Hals, um den
Omda, den Dorfvorsteher, sehen zu können, der in seinem
weiten Kaftan und mit der großen, wollenen *Kuffiya* auf
einem Stuhl saß. Er war umgeben von anderen Männern,
die auf Stühlen saßen und mit wollenem Kaftan und
Kuffiya bekleidet waren. Mit seiner kräftigen Stimme ver-
kündete der *Omda* in überschwenglichem Ton, wobei
sein kleiner Finger in die Luft stach: Ich spreche für sie!

Durch den trüben Schleier hindurch hefteten sich Hassans Augen auf den Finger des *Omda*, um herauszufinden, wohin der zeigte... Er sah, wie der Finger in der Luft herumfuchtelte und schließlich auf sie gerichtet blieb, auf sie, die am Boden saßen, den Saum ihrer *Galabias* über die knochigen Knie gezogen und den *Omda* und seine Männer mit halbgeschlossenen Augen und halb geöffneten Mündern anstarrend... einige lächelten, andere starrten verdrossen vor sich hin, manche waren von Müdigkeit befallen und ihre Unterlippen hingen schlaff herunter, ohne daß sie es merkten...

Eine kalte Brise wehte, und Hassan biß die Zähne zusammen, während er auf die feuchten, rosigen Lippen des *Omda* starrte und die eigenen mit seinem spärlichen Speichel zu lecken begann. Er hörte, wie der *Omda* seine Worte wiederholte: Ich spreche für sie! Das Wort ‚sie' drang in Hassans Ohr und hallte darin wider wie ein auf dem Boden aufschlagender Gummiball. Er beugte sich nach rechts, dicht an den Kopf seines Nebenmannes, wobei er ein wenig Wärme von dessen Atem erhaschte, und flüsterte ihm ins Ohr: Wen meint er mit ‚sie'? Sein Nachbar riß vor Überraschung den mit Zwiebelaroma gewürzten Mund auf und sagte: Du weißt nicht, wen er meint? Das ist doch glasklar! Ein paar Tropfen Verlegenheit tropften von Hassans Stirn auf sein bleiches Gesicht – wie Tautropfen, die in einen brackigen Teich fallen und leichte Wellenbewegungen auf dessen träger Oberfläche verursachen... Völlig verwirrt starrte er den Mann an und sagte: Und wer ist damit gemeint? Der Mann reckte hochmütig seinen Hals und hob an: Nun, gemeint sind..., woraufhin er eine Minute lang verstummte und die Lippen schürzte, so daß auch kein Zwiebelgeruch mehr hinausdrang. Dann blickte er Hassan ins Gesicht und fuhr fort: Gemeint sind... die da drüben! Kapiert? Hassan zog den Kopf ein, zog sich in sich selbst zurück und schwieg.

Doch er vernahm, wie der *Omda* abermals mit lauter Stimme und mit noch rosigeren Lippen und noch überschwenglicher ausrief: Ich spreche für sie! Wieder drang das Wort ‚sie' in sein Ohr und hallte erneut wie ein auf dem Boden aufschlagender Gummiball darin wider. Er beugte sich nach links, dicht an den Kopf seines anderen Nebenmannes, erhaschte dabei ein wenig Wärme von dessen Atem und wisperte ihm ins Ohr: Wen meint er mit ‚sie'? Der Mann sah ihn mit leerem Blick und hängendem Unterkiefer an und brummte: Keine Ahnung. Hassan beugte sich bis dicht zu dem vor ihm sitzenden Mann hinunter und flüsterte, etwas Wärme von ihm erhaschend: Wen meint er mit ‚sie'? Der Mann verzog den Mund und sagte: Damit sind die Männer in den wollenen Kaftanen und mit der *Kuffiya* auf dem Kopf gemeint! Schau hin, er deutet auf sie!

Hassan hob seinen Kopf und kniff die Augen zusammen, um den kleinen Finger des *Omda* besser sehen zu können, folgte mit seinen Augen der Bewegung des Fingers und sah, wie dieser schließlich auf sie selbst, auf die am Boden Hockenden, gerichtet blieb. Hassan beugte sich nochmals dicht an das Ohr seines Vordermannes, erhaschte noch einmal ein wenig warmen Atem und wisperte: Sein kleiner Finger deutet auf uns! Der Mann schürzte die Lippen und sagte ärgerlich: Du schaust nicht richtig hin! Sein Zeigefinger deutet auf die Männer im Kaftan!

Hassan reckte den Kopf, um die Finger des *Omda* sehen zu können, sie abzählen und den Bewegungen der großen und der kleinen folgen zu können... Hassan sah, daß alle Finger des *Omda* immer wieder und in verschiedenen Stellungen zu seinen Lippen führten: mal von oben, mal von unten, mal von rechts, mal von links, mal von der Mitte, mal ein wenig unterhalb von der Mitte, mal ein wenig oberhalb von der Mitte, mal ein wenig rechts von der Mitte, mal ein wenig links davon. Den Bewegungen der Finger folgend, flogen Hassans Augen hin und her, nach oben und nach unten, bis seine Augenlider einen weißlichen Schleim absonderten, der in seine Augenwinkel rann und sich dort festsetzte, um sie anzuknabbern...

Hassan senkte seine Augen und rieb sie mit den Fingern und hätte sie am liebsten aus dem Gesicht gerissen, damit das Feuer in ihnen zu brennen aufhörte. Abermals drang die dröhnende Stimme des *Omda* in seine Ohren... und das Wort ,sie' prallte an seine Schädelknochen wie ein harter Ball. Verwirrt schaute er sich um... nach rechts, nach links, nach vorne. Als er spürte, wie warme Luft von hinten seinen Nacken streifte, wandte er sich um und erblickte hinter sich einen Mann, der mit offenem Mund und keuchendem Atem den Worten des *Omda* lauschte. Er beugte sich zurück, bis sein Kopf den des Mannes berührte, schöpfte Kraft aus dessen warmem, üppigem Atem und flüsterte ihm ins Ohr: Wen meint er mit ,sie'? Der Mann sah ihn nicht an und antwortete hastig: Halt deinen Mund und hör zu! Misch dich nicht in Dinge ein, die dich nichts angehen!

Hassan wandte sich von dem Mann ab, schlang sich die Arme um den Leib und kauerte sich schweigend unter seiner *Galabia* zusammen.

Doch seine Augen schielten wieder auf die Finger des *Omda*, waren entschlossen, zu sehen, das Rätsel zu lösen. Aber der *Omda* fuchtelte mit seinen Fingern in alle Richtungen. Hassan blickte sich um und bemerkte, daß die vier Männer vor ihm, hinter ihm, rechts und links von ihm ihn vom Rest der Menge trennten. Wie sehr er auch den

Hals reckte, er konnte doch immer nur den Mund des vor ihm, hinter ihm, rechts oder links von ihm sitzenden Mannes sehen, jener vier Männer, die ihn einschränkten und vier Mauern bildeten, über die er nicht hinweg kam.

Hassan rutschte unruhig auf seinem Platz herum. Irgendwas in seinem Körper begann zu schmerzen. Etwas wie eine Nadel stach in seine Haut und öffnete ein paar seiner verdreckten Poren. Sonst saß er immer ganz entspannt da und zappelte nicht herum. Sonst genoß er es, seinen Hintern auf dem Boden ruhen zu lassen, und er blieb so lange still sitzen, bis er, wenn er gähnend aufstand, um die Maden von den Baumwollpflanzen zu sammeln, einen stechenden Schmerz in seinen Knien verspürte. Doch jetzt konnte er sich nicht entspannen, konnte seinen Hintern nicht friedlich auf dem Boden ruhen lassen, weil diese Nadel seinen Körper peinigte. Ob sie in seiner Brust, in seinem Hintern oder in seinem Schädel stak, wußte er nicht; er wußte nur, daß sie irgendwo unter seiner Kleidung, unter seiner Haut stecken mußte. Es stach und schmerzte und raubte ihm seine Ruhe.

Hassan streckte seine Beine unter der *Galabia* hervor und schüttelte seine Glieder, um die Nadel, die ihn da und dort piekste wie ein lästiger Floh, loszuwerden. Dabei fiel ihm auf, daß er an keine der vier Mauern stieß, obwohl doch seine Arme und Beine weit ausgestreckt waren. Überrascht schaute er sich um und bemerkte, daß der *Omda*, umgeben von den Männern in Kaftanen und gefolgt von Männern in *Galabias*, aufgebrochen war. Er rappelte sich hoch und eilte hinter ihnen her. Er schaffte es, einen der Männer, der sich beim Gehen auf einen Stock stützte, einzuholen, ging er dicht an ihn heran und flüsterte ihm ins Ohr: Wer ist mit ‚sie‘ gemeint? Der Mann blieb stehen, stützte sich auf seinen Stock und sagte verärgert: Was fragst du mich? Habe ich das vielleicht gesagt? Frag gefälligst den, der es war! Er fuchtelte wütend mit seinem Arm in der Luft herum, stieß mit seinem Stock auf den Boden und trottete davon wie ein erschöpftes Rennpferd.

Hassan blieb mitten auf der Straße stehen und rieb sich die Augen. Ja, warum eigentlich nicht den *Omda* fragen? Er hatte es gesagt, deshalb verstand er es doch ganz sicher auch...

Einige Tropfen Begeisterung tropften von seiner Stirn auf sein blasses Gesicht, wie Tautropfen, die in einen brackigen Teich fallen und ein wenig Bewegung in die stille Oberfläche bringen.

Hassan ging zum Wohnhaus des *Omda*. Als er sich der großen Holztür näherte, kam ein mit Kaftan und *Kuffiya* bekleideter Mann, der ein Gewehr geschultert hatte, auf ihn zu. Er sah die Mündung wie das aufgerissene Maul eines hungrigen jungen Hundes oder einer durstigen Schlange auf sich gerichtet. Hassan bekam weiche Knie unter dem Gewicht seines Körpers, und am liebsten hätte er sich mit seinem Hintern auf den Boden gesetzt und sich ausgeruht. Doch er wandte sich dem Mann mit Kaftan und *Kuffiya* zu und versuchte dabei verzweifelt, seinen Blick von der schwarzen, bodenlosen Mündung abzuwenden. Und obwohl seine Zunge am Gaumen klebte, gelang es ihm, ein paar Worte zu herauszustottern und dem Mann zu erklären, daß er den *Omda* sprechen wolle. Hassan konnte es sich nicht erklären, warum sich die Pupillen in den Augen des Mannes weiteten, als er ihn ansah. Er folgte dem Blick des Mannes, der auf seine Füße hinunterglitt, und er sah, daß seine knochigen Zehen mit einer dünnen, schwarzen Dreckschicht überzogen waren. Er merkte, wie der Mann auf ihn zukam, ihn an einem Zipfel seiner *Galabia* packte und ihn hinter sich her zerrte wie eine tote Ratte. Hassan fand sich in einem großen Raum wieder. Vor ihm stand ein anderer in Kaftan und *Kuffiya* gekleideter Mann mit einem Gewehr, so groß wie eine Kanone. Mit zitternden Knien wandte Hassan seinen Blick von der auf seinen Kopf gerichteten Mündung ab. Der Mann stieß ihm die Mündung gegen die Schulter und fragte ihn, was er wolle. Hassan löste seine Zunge vom Gaumen, befeuchtete die trockenen Lippen und stammelte: Ich möchte den *Omda* sprechen. Dann schloß er seine Augen und murmelte das Glaubensbekenntnis vor sich hin.

Hassan merkte nicht, was um ihn herum geschah, während er das Glaubensbekenntnis rezitierte, doch als er seine Augen wieder öffnete, sah er, wie der Mann mit Kaftan und *Kuffiya* einem anderen Mann mit Kaftan und *Kuffiya* ein Zeichen gab, und er spürte benommen, wie die kräftigen Hände des Mannes ihn am Arm packten und zu einer großen Tür schoben. Er setzte einen Fuß auf die Schwelle, machte einen kleinen Schritt, hob dann seinen Kopf, um sich umzusehen... und merkte, daß er draußen auf der Straße stand...

Niemand hat ihr etwas gesagt

Auf der langen, belebten Straße lag ein dicker, dichter Nebel. Obwohl sie alles nur verschwommen sah, setzte sie unbeirrt ihren Weg fort. Sie suchte nach etwas ganz Bestimmtem, wußte jedoch nicht, wie man es nannte. Aber sie mußte es finden, um gegen das Entsetzliche, das ihr bevorstand, gewappnet zu sein. Ihr Herz pochte wild, ihre Zehen waren eingezwängt in die spitzen Schuhe und die Fersen hochgehoben durch die schmalen Absätze, die so laut klapperten, daß es ihr peinlich war. Ihre Füße waren deformiert, von unten aufgescheuert und von oben verkrümmt – wie die Füße ihrer Mutter und die der Freundinnen ihrer Mutter, wie die Füße aller erwachsenen Frauen. Diese Gemeinsamkeit war ihr nicht nur verhaßt, sie machte ihr auch Angst, weil die erwachsenen Frauen von eigenartigen Dingen umgeben waren, die sie durch Getuschel, das sie nicht verstehen konnte, Augenzwinkern, das sie nicht deuten konnte oder leises, langgezogenes Lachen vor ihr verbargen; und von Dingen, die ihre Mutter in der obersten Schublade des Kleiderschranks vor ihr versteckte... länglichen, verschlossenen Päckchen, dicken Stofflagen... und einem eigentümlichen Ausdruck in ihren Augen. Vor allem im Bad, wenn sie ihr beim Waschen half, bekam ihre Mutter diesen abgekehrten und bekümmerten Blick, schienen ihr Worte auf der Zunge zu liegen, die sie ihr anvertrauen wollte, die sie aber doch nie aussprach... Eine unheimliche Gefahr lauerte in ihrem Körper, und sie hatte nichts als die schweigende hohe Badezimmerwand und den rasselnden Atem ihrer

Mutter vor sich, deren finster umwölkter Blick nur mit dem langgezogenen Lachen und diesem Augenzwinkern verflog. Doch selbst dann hielt sich häufig ein Schleier der Traurigkeit in den Augen ihrer Mutter, in denen ihrer Freundinnen, in denen aller erwachsenen Frauen; da war etwas, das den Frauen auflauerte, etwas, das ihr Angst einjagte. Das Geklapper ihrer hohen Absätze war ihr peinlich, ihre in die Schuhe gezwängten Zehen schmerzten, vom gekrümmten Fuß ausgehend durchzuckte es ihren ganzen Körper, was die Gemeinsamkeit zwischen ihr und ihrer Mutter verstärkte, sie diesem unheimlichen, schrecklichen Etwas näherbrachte. Ihr Herz pochte laut, und in der kleinen Handtasche unter ihrem Arm klimperten die Piastermünzen. Aber es klang nicht wie das Geklapper in der Blechsparbüchse, in die sie immer dann einen oder einen halben Piaster hineinsteckte, wenn sie Lust auf einen Kaugummi hatte. Jeden Tag nahm sie die Büchse in die Hand und schüttelte sie. Das Geklapper der Münzen war Musik in ihren Ohren. Eines Tages würde sie die Sparbüchse öffnen und reich sein und sich viel Kaugummi kaufen und sich den Mund damit vollstopfen, nicht mit so einem kleinen Stück, das in den Zähnen oder am Gaumen kleben blieb. Den Rest würde sie an alle ihre Schulkameradinnen verteilen, außer an die eine, die den ganzen Tag lang Kaugummi kaute und ihr nie einen abgab...

Kaugummikauen war für sie das Größte im Leben. Die Sparbüchse wurde schwerer und schwerer. Auch ihr Körper war nicht mehr so leicht. Früher war sie drei Treppenstufen auf einmal hinaufgesprungen, jetzt aber sprang sie nicht mehr und nahm nur zwei Stufen auf einmal; wenn ihre Füße auf dem Boden aufsetzten, durchzuckte es ihren ganzen Körper, und sie empfand einen Schmerz. Irgendwo in ihrer Brust, an einer bestimmten Stelle, schmerzte es ziehend, als habe sie ein Furunkel. Ihre Hosen paßten ihr nicht mehr, die Nähte platzten, und sie wurden in der Küche als Putzlappen benutzt. Neue Hosen bekam sie nicht. Sie liebte das Radfahren über alles, mehr noch als das Kaugummikauen, doch der abgekehrte und bekümmerte Ausdruck in den Augen ihrer Mutter ließ sie betreten den Kopf senken.

Auch das Radfahren schien auf einmal mit Gefahr verbunden zu sein; alles um sie herum veränderte sich auf unbestimmte Art. Die sonst glatt anliegenden Oberteile ihrer Kleider beulten sich merkwürdig aus, ihre weißen Unterhemden wurden durch farbige mit seltsamen Trägern ersetzt, wie sie auch ihre Mutter trug. Diese Gemeinsamkeit versetzte sie in Panik, brachte sie dieser beängstigenden Sache noch näher. Alles, was im Haus passierte, war für sie ein Alarmzeichen. Die Illustrierten verschwanden vom Tisch; das Radio, das gewöhnlich den ganzen Tag lief, war nur noch für die Ohren ihrer Mutter bestimmt; im Park zu spielen, wurde ihr verboten; sogar einfach nur nach draußen zu gehen, um frische Luft zu schnappen, war verboten...

Das Leben außerhalb des Hauses war voller dunkler Gefahren... die Augen ihrer Mutter beobachteten verstohlen ihren Körper, jeden einzelnen Teil von ihm, jede Kleinigkeit, jede Bewegung – wenn sie in ihrem Zimmer saß, wenn sie in ihrem Bett schlief, wenn sie ins Bad ging, wenn sie eine Hand an ihren Kopf oder auf ihren Bauch legte. Irgend etwas bahnte sich an, etwas Schreckliches, etwas, über das sie nicht Bescheid wußte, über das sie aber Bescheid wissen wollte. Wie entsetzlich es auch war, noch schlimmer war es, nichts darüber zu wissen. Sie wollte wissen, wie sie sich vorbereiten könnte, doch ihre Mutter wollte nicht darüber sprechen, und sie wagte nicht zu fragen. Ihr blieb nichts anderes übrig, als heimlich danach zu suchen: unter dem Bett, im Kleiderschrank, im Badezimmer, unter ihren Kleidern, zwischen ihren Fingern und Zehen, in ihren Körperfalten. Ihr kleines Herz krampfte sich vor Furcht zusammen, ihre zarten Lippen preßten sich besorgt aufeinander, und sie erstickte fast an dem Kloß in ihrer Kehle. Der einzige Ausweg war, zu sterben, bevor die Katastrophe eintrat. Aber auch vor dem Tod fürchtete sie sich. Das Küchenmesser war stumpf und verbog sich, statt in ihren Bauch einzudringen. Geister mit Messern in den Händen schlichen in der Dunkelheit umher, mit langen Fingernägeln oder Klauen und Köpfen, so spitz wie die Giftzähne einer Schlange. Sie versuchte zu schreien, doch ihre Stimme versagte; sie versuchte zu laufen, doch ihre Beine waren gelähmt. Der Schlaf wurde zur neuen Qual. Sie merkte sich ihre Träume nicht, doch die Träume waren unvergeßlich, denn sie kamen während der Nacht und zogen sich in den Tag hinein. Die Tagträume jedoch waren nicht zum Fürchten, denn sie schwamm, in ein durchscheinendes Gewand gekleidet, in einem warmen Meer, während der aus dem Wasser gestreckte Arm juckte und das knospende Furunkel auf ihrer Brust schmerzte. Es war kein starker Schmerz, aber ihr Körper zitterte, gedämpft durch eine verborgene Freude. Sie versuchte wegzulaufen, aber der Arm hielt sie fest, und zwei Augen sahen sie an. Es waren keine fremden Augen, sondern sie sahen aus wie die ihres Vaters. Die Augen ihres Vaters brachten sie zum Weinen und der Arm verschwamm hinter den Tränen. Aber sie wollte, daß er blieb. Sie kniff ihre Augen fest zusammen, doch weder der Arm noch die Augen ihres Vaters erschienen wieder, nur andere Augen, die denen ihrer Mathematiklehrerin ähnelten.

Das mit ihrer Mathematiklehrerin war eine komische Geschichte. Alle Mädchen in der Schule wußten davon.

Eines Tages ging die Lehrerin auf die Toilette. Nachdem sie zurück war, fanden die Mädchen ein mit roter Tinte getränktes Tuch... Ein Mädchen flüsterte ihr ins Ohr: Wir wollen keine Lehrerin, die mit roter Tinte schreibt. Ein anderes Mädchen zupfte sie am Ärmel und erzählte ihr, daß sie vor roter Farbe Angst habe, seitdem einmal ein großer Truthahn auf ihre Schulter gesprungen war und sie gebissen hatte, als sie ein rotes Kleid trug. Wieder ein anderes Mädchen kam herein und flüsterte ihr ins Ohr: Es ist keine rote Tinte, du Dummkopf, es ist Blut... eine seltsame Krankheit... alle Mathelehrerinnen bekommen sie! Die Gerüchte breiteten sich aus, man zwinkerte sich zu, und Worte flogen hin und her und wurden von kleinen, hellhörigen Ohren aufgeschnappt. Alle Lehrerinnen... nein, alle Mädchen... alle Frauen... unschuldige Augen blickten völlig verwirrt umher, kleine Körper klammerten sich entsetzt aneinander. Nicht eine von ihnen wußte Bescheid. Jede erzählte eine andere merkwürdige Geschichte, die sie von ihrer Mutter, ihrer Großmutter oder einem erwachsenen Dienstmädchen gehört hatte.

Die kleinen Kinder kommen aus den Ohren der Frauen... Ängstlich und beklommen betasteten sie alle ihre Ohren. Nein, nicht aus den Ohren, aus der Nase... Mit zitternden Fingern befühlten sie alle ihre Nasenlöcher. Nein, unmöglich, die Öffnung ist zu klein, Kinder werden nicht so leicht geboren. Vorher geschieht etwas Schreckliches, etwas, das die Mütter nicht preisgeben, eine immer wiederkehrende Katastrophe... jedes Jahr! Ach was, Quatsch, jeden Monat... wie entsetzlich!

Dieses Warten war schrecklich, schrecklicher noch als die Katastrophe selbst. Das Unglück würde ihr jetzt zustoßen. Sie spürte einen leichten Schmerz in ihrem Inneren... nein... nicht jetzt... nicht mitten auf der Straße, wo sie von so vielen Menschen mit buschigen Schnauzbärten und langen Hosen umgeben war. Das wäre ein Skandal. Könnte sie sich doch zusammenrollen und unsichtbar machen oder öffnete sich doch die Erde und verschluckte sie. Aber die Erde öffnete sich nicht. Die Augen um sie herum beobachteten ihre Schritte, krochen ihre Beine hinauf, taxierten ihren Hintern... es war etwas Verbotenes in ihrem Leib, etwas Sündhaftes, etwas Schändliches. Die Augen klagten sie an, die schnellen Blicke kreisten sie ein. Sie beschleunigte ihren Schritt, die dünnen Absätze klapperten, die Piastermünzen klimperten unter ihrem Arm, tief in ihrem Inneren saß der geheime Schmerz. Etwas Furchtbares bahnte sich an, und sie wollte darauf vorbereitet sein... Doch da waren so viele Läden. Im Lebensmittelgeschäft gab es alle möglichen Päckchen, aber nicht solche wie die ihrer Mutter; auch der Marktstand hatte viele Päckchen, doch auch sie sahen anders aus. Ihre Zehen brannten in den spitzen Schuhen, ihre Bauchmuskeln verkrampften sich, das Herz rutschte ihr in die Hose, und sie schnappte wild nach Luft. Die Katastrophe stand unmittelbar bevor, und sie war nicht vorbereitet. Sie fand nicht, was sie suchte, etwas, dessen Namen sie nicht kannte, dessen Namen niemand kannte. Sie wollte wissen, was es war, doch ihre Mutter hatte es ihr nie gesagt. Niemand wollte es sagen, und sie konnte nicht fragen. Ihre hohen Absätze klapperten, unter ihrem Arm klimperten die Piaster, die lange Straße war belebt, der Nebel war dick und dicht, alles um sie herum war verschwommen, doch sie lief weiter, ohne anzuhalten.

Die Nase

Wenn er tatsächlich auf seinen Beinen stand, warum war er dann nicht so groß wie gewöhnlich? Und warum waren seine Körperteile nicht in der üblichen Reihenfolge aufeinander gestapelt... zuoberst der Kopf, darunter der Hals, dann der Brustkorb, der Bauch und die Beine? Und müßten seine Füße nicht eigentlich auf dem Boden aufsetzen...?

Aber anscheinend es war nicht so. Trotzdem stand er; das wußte er, seit er an diesem Ort angekommen war. Aber er stand nicht auf seinen Füßen; eher auf etwas Plattem, das so weich war wie sein Bauch. Schlief er etwa? Aber er trug einen Anzug, Schuhe und eine Krawatte. Die Krawatte war sorgfältig um seinen Hals geschlungen, der runde Knoten unter seinem Kinn tadellos gebunden. Ja, er trug eine Krawatte um den Hals. Das war eine der Voraussetzungen, diesen Ort betreten zu dürfen.

Was hatte ein langer Stoffstreifen um seinen Hals mit Respekt zu tun? Schließlich gab es doch Stellen, die mehr Respekt verdienten als ein Hals. Außerdem mochte er es, wenn sein Hals frei war, besonders dieser vorstehende Knorpel, der Adamsapfel, sichtbares Zeichen von Männlichkeit. Aber es gibt Zeiten, in denen man seine Männlichkeit nicht unter Beweis zu stellen braucht, ja, nicht einmal der Männlichkeit selbst bedarf. Und er konnte nicht verstehen, was vorstehende Knorpel und Männlichkeit miteinander zu tun hatten.

Aber allmählich sah er die Dinge klarer. Nicht die Dinge, sondern *ein* Ding... ein Ding, das alle anderen

Dinge verschlang und riesengroß wurde... größer als alles, was er je in seinem Leben gesehen hatte, größer sogar als die Große Pyramide. Wenn er vor der Pyramide stand, konnte er seinen Kopf heben und ihre Spitze sehen. Aber jetzt konnte er keine Spitze sehen, konnte nicht einmal seinen Kopf heben... sein Kopf befand sich nicht in seiner normalen Lage, in der er ihn leicht drehen und heben konnte. Er befand sich in einer merkwürdigen horizontalen Lage auf dem Boden, auf gleicher Höhe mit seinem Hals, seiner Brust, seinem Bauch und seinem Hintern, als liege er ausgestreckt am Boden oder zumindest auf dem Bauch.

Doch er stand – sofern Stehen bedeutet, auf die Füße gestellt zu sein . Er war durch seine Füße in der Tat mit der Erde verwurzelt. Das war sicher, wurde jetzt sicher. Das weiche, platte Ding war eindeutig nicht sein Bauch. Er drückte sich dagegen, drückte mit seinem ganzen Gewicht, bis er fast darin versunken war. Vielleicht war dieses Einsinken der Grund für seine so drastisch geschrumpfte Körpergröße, die ihn zu einem Zwerg werden ließ, dessen Kopf sich kaum über den Boden erhob.

Vielleicht war ihm eine Falle gestellt worden. Heutzutage konnte alles eine Falle sein... Obwohl er von Natur aus vorsichtig und mißtrauisch war, machte er zuweilen den Fehler, gutgläubig zu sein. Das war keine völlige, sondern eine unschlüssige Gutgläubigkeit. Die Dinge schienen keine Dinge zu sein, Worte keine Worte und er selbst nicht er selbst. Er war groß, wenn er auf seinen Füßen stand, der Kopf erhob sich über dem Hals, und dann konnte er auch aufsehen.

Aber seine Augen konnten nicht sehen, was weiter oben war, denn das Gebäude war unendlich groß, größer als die Pyramide, größer als alle Pyramiden zusammen, stapelte man sie zu einer einzigen, gewaltigen Pyramide aufeinander, deren Spitze so hoch wäre, daß kein Auge sie mehr erblicken könnte, und deren Ausmaße so groß wären, daß man sie mit keinem der fünf Sinne mehr erfassen könnte. Ein gewaltiges Gebäude, das den Himmel mitsamt der dahinterstehenden Sonne verdeckte und seinen mächtigen schwarzen Schatten auf die Erde warf, auf die Häuser und andere Bauwerke, auf Straßen und Autos, Regierungsabteilungen und Straßenbahnschienen.

Mit Sicherheit war es eine Falle. Er mußte weg von hier. Trotz allem war er immer noch in der Lage, seine Füße zu bewegen. Die Beine bewegen zu können, war etwas Wundersames. Er konnte ein Bein heben und das andere senken und sich auf diese Weise fortbewegen. Er wußte nicht, wohin er entfloh. Es war nicht wichtig, das zu wissen. Er war in der Lage, sich zu bewegen, und diese Fähigkeit an sich war schon etwas Außerordentliches. Er war ein Zwerg, dessen Kopf sich kaum über den Boden erhob und das riesige Gebäude ragte in den Himmel; doch er konnte sich bewegen, während das Gebäude dies nicht konnte.

Das war ein dummer Vergleich. Dummheit war auch eine außerordentliche Fähigkeit. Sie war keine Bewegung wie die der Füße, aber eine Bewegung innerhalb des Kopfes und möglicherweise auch eine Art Körperbewegung, aber auf jeden Fall eine Bewegung und zweifelsohne eine Fähigkeit. Er forschte nach seinen Fähigkeiten, hielt in seinem kleinen Körper nach all seinen verborgenen Waffen Ausschau. Ja, verborgenen, denn heutzutage mußte alles heimlich geschehen, besonders, wenn man mit etwas so Übergroßem konfrontiert war. Es war ein Gebäude, nichts als ein steinernes Gebäude und unfähig, sich zu bewegen – aber es war ungeheuer groß. Eine eigenartige Monumentalität, eine Riesenhaftigkeit, die den Raum zwischen Himmel und Erde ausfüllte, eine

Riesenhaftigkeit von solchem Ausmaß, daß sie sich zwischen Himmel und Erde auszudehnen schien, als handele es sich um etwas Bewegliches, obwohl es ein ebenso festgefügtes Objekt war wie der Erdball, feststehend und sich bewegend zugleich.

Seine Beine zuckten. Er war vorsichtig und argwöhnisch, aber er war kein Feigling. Vorsicht war eine Sache, Feigheit eine andere. Er konnte sich nicht entsinnen, jemals vor jemandem Angst gehabt zu haben. Für sich selbst empfand er mehr als für andere. Nichts als Gefühle oder Selbsttäuschung. Aber was war ein Mensch? Ein Mensch war das, was er selbst zu sein glaubte. Er glaubte von sich, daß er fähiger war als andere, daß er immer fähiger wurde im Vergleich zu ihnen, auch immer fähiger wurde, Nahrung aufzunehmen... immer, wenn er am Tisch saß und seinen Bauch angenehm anschwellen fühlte über den Schenkeln, sagte er sich: Ich werde weniger essen. Und dann aß er mehr als je zuvor.

Äße er weniger, könnte er sich vielleicht besser bewegen... wöge vielleicht weniger... vielleicht wären auch seine Ansprüche geringer gewesen. Aber seine Ansprüche wuchsen von Tag zu Tag. Nicht nur seine eigenen Ansprüche, auch die seiner Frau und seiner Kinder, seiner Bekannten und seiner Freunde. Heutzutage gab es niemanden, der keine Ansprüche hatte, und er mußte viele Münder stopfen. Er hatte für die Selbsttäuschung, besser zu sein als andere, zu bezahlen... er mußte für alles bezahlen, sogar für einen verschlossenen Mund.

Er spürte seinen Mund. Seine Lippen waren noch da, ließen sich öffnen und schließen. Ja, die Stimme, die hervorkam, klang wie seine eigene, war auch wirklich seine eigene, mit ihrem vertrauten Tonfall und seinen Worten. Auch sich artikulieren zu können, war manchmal wundersam. Die Artikulationsfähigkeit an sich war eine außerordentliche Fähigkeit. Er war ein Zwerg, dessen Kopf sich kaum über den Boden erhob, das Gebäude war riesig und ragte in den Himmel; doch er war in der Lage, sich zu artikulieren, das Gebäude nicht.

Auch dies war eine uralte Waffe, die sich über die Zeit hin bewährt hatte. Diese Stimme war lauter als seine eigene, ihr Ton voller, und sie machte ihn fast taub. Vielleicht war es nicht wirklich eine menschliche Stimme; die Worte wurden vielleicht nicht genau so artikuliert, wie er seine Worte artikulierte – aber mußte denn alles vollkommen menschlich sein? War es notwendig, daß alles auf dieselbe Art getan wurde, wie er es tat? Warum maß er immer alles an seinem eigenen Körper?

Seine Beine zuckten stärker. Dieses steinerne Gebäude konnte Geräusche erzeugen, die in jedem Winkel des Himmels und der Erde zu hören waren... nicht nur einfach zu hören, sondern in einer solchen Lautstärke, daß seine eigene Stimme übertönt wurde und niemand sie vernahm. Dieses steinerne Gebäude war auch in der Lage, sich zu bewegen. Das war nicht eine kleine Bewegung, wie wenn man einen Fuß vor den anderen setzt, sondern eine gewaltige, kolossale Bewegung, von der die Erde wie durch ein Erdbeben erschüttert wurde, so daß seine eigenen Bewegungen darin untergingen und niemand sie bemerkte. Niemand hörte ihn, niemand bemerkte ihn, welchen Beweis gab es dann, daß er existierte? Es gab keinen Beweis.

Der Schweiß brach ihm aus allen Poren, klebrig und unangenehm riechend. Zum ersten Mal in seinem Leben nahm er den Geruch seines Schweißes wahr... den gleichen Geruch, den er bei anderen so verabscheute. Wenn er tot wäre, würde er nichts mehr riechen können. Also lebte er. Er betastete mit den Fingern seine Nase, das einzige Beweisstück dafür, daß er nicht tot war. Er hatte seiner Nase nie viel Aufmerksamkeit geschenkt; sie war nach seiner Meinung kein wichtiges Organ. Manche Leute hatten eine gebrochene Nase, andere Leute steckten ihre Nase in den Sand, und doch lebten ihre Körper weiter und stolzierten mühelos herum.

Seine Finger zitterten auf der Nase. Auch die Nase war nicht nach oben gerichtet wie sonst immer... sie zeigte nach unten. Die empfindliche und dünne Nasenspitze war so fest auf den Boden gepreßt, daß seine Füße in der Luft hingen. Wie war es möglich, daß er auf seiner Nasenspitze stand? Und wie war es möglich, daß die empfindliche und dünne Nassenspitze seinen Körper stützte?

Vielleicht hatte es etwas mit dem Beten zu tun... vielleicht hatte er die Wirkungen des Gebets vergessen... vor vierzig Jahren hatte er zum letzten Mal gebetet... damals war er ein kleines Kind gewesen, und es hatte da etwas gegeben, das man Glauben nannte... aber was gab es jetzt? Dieses in den Himmel ragende Gebäude aus Stein, das seinen mächtigen, schwarzen Schatten auf die Erde, die Häuser, die Bauwerke, die Straßen, die Autos, die Regierungsabteilungen und die Straßenbahnschienen warf.

Drehte sich das Rad der Zeit zurück? Fiel er in den Götzenkult zurück?

Zweifelsohne war er in eine Falle geraten. Als er verärgert schnaubte, geriet ein wenig Schmutz in seine Nase. Er versuchte zu niesen, und vielleicht nieste er auch tatsächlich, denn auf einmal trat ihn jemand in die Seite. Bis jetzt hatte er nicht gewußt, daß noch andere da waren... doch aus den Augenwinkeln bemerkte er nun eine lange Reihe von Nasen, deren empfindliche Spitzen so auf dem Boden auflagen, daß die Füße in die Luft ragten...

Eine andere Stadt, ein anderer Ort

Sie hielt sich mit ihren Händen die Ohren zu, denn der Lärm war unerträglich, einen solchen Lärm hatte sie in ihrem ganzen Leben noch nicht vernommen. Sie hatte von etwas gehört, das man Krieg nannte, von Bomben, die vom Himmel fielen und die Häuser zerstörten, die Menschen verbrannten und alles in Schutt und Asche legten. Im Kino hatte sie die Zerstörungen des Krieges gesehen, Explosionen und brennende Häuser. Aber das war alles nur Theater; das Kino war nicht das Leben, und was da im Kino geschah, konnte nicht im wirklichen Leben passieren – denn warum würden sonst überhaupt Filme gemacht? Sie hatte die Kriegsszenen auf der Leinwand immer gern gesehen, waren es doch ebenso unterhaltsame Abenteuer wie die von Liebe und Leidenschaft und wie andere Fabeln und Legenden. Im Leben, oder zumindest in *ihrem* Leben, gab es weder Märchen noch Abenteuer. Sie war eine anständige verheiratete Frau, die sechs eheliche Kinder geboren hatte, ohne je Liebe oder Leidenschaft kennengelernt zu haben. Ihr Mann hatte sie niemals unbekleidet gesehen. Wenn er sich ihr im Bett näherte, versuchte sie ihn mit aller Gewalt abzuwehren, und wenn sie dann anschließlich nachgab, hatte sie kein schlechtes Gewissen, weil sie sich bis zum letzten Atemzug gewehrt hatte und nicht Vergnügen, sondern eher Schmerzen empfand...

Wieder ertönte das Kanonenfeuer. Sie preßte die Hände gegen Ohren und Schädel. Gott steh uns bei, der Krieg geht wirklich und wahrhaftig los! Sie hatte nicht geglaubt, daß es Krieg geben würde, daß eine Bombe auf ihr Haus fallen, daß sie sterben oder einen Arm oder ein Bein verlieren könnte. Derart Entsetzliches geschah im Kino oder stieß anderen Leuten zu. Aber ihr? Ihr konnte so etwas nie zustoßen. Menschen mit körperlichen Gebrechen oder Mißbildungen oder in Tücher gehüllte Leichen machten ihr Angst. Wenn ihr Mann für einige Tage verreiste, kam ihre Nachbarin herüber und blieb über Nacht. Wenn sie ins Badezimmer ging und eine Schabe herumkrabbeln sah, rannte sie erschreckt hinaus, besonders, wenn es eine von dieser großen, fliegenden Art war. Wachte sie mitten in der Nacht durch ein störendes Geräusch in der Küche auf, rollte sie sich zusammen und versteckte sich unter der Bettdecke, damit der Dieb, oder wer immer das sein mochte, nicht merkte, daß sie in der Wohnung war.

Der Knall der Detonation hallte wider. Zitternd lief sie zum Bett und versteckte sich darunter. Verfluchte Habgier! In Damanhour waren wir zu Hause, jeder kannte uns, Vater verdiente gut. Aber er konnte nicht genug kriegen. Jahrelang war er geduldig wie ein Kamel, dann erbte er das Geschäft seines Vaters und lag mir fortan ständig in den Ohren: In Ismailia sind die Geschäfte Gold wert, mein Bruder hat dort am Kanal einen Laden und neun Jungens arbeiten Tag und Nacht für ihn. Der Prophet Mohammed sagte: „Teilet eure Habe mit euren Brüdern." Klagend schlug sie sich die Hände auf die Wangen. Mein Gott, wir haben es bis heute noch zu nichts gebracht. Unseren Sohn Mohammed haben sie zum Militär geholt, und die fünf Töchter haben wir mit armen Nichtsnutzen aus Damanhour verheiratet. Wäre doch wenigstens eine von ihnen bei mir geblieben. Sechs Kinder habe ich ausgetragen, und doch werde ich einsam wie ein Hund sterben.

Sie lauschte und kroch, als sie nichts hörte, unter dem Bett hervor. Kaum war sie wieder auf den Beinen, explodierte irgendwo in der Luft oder auf der Erde eine Bombe, die die Wände ihrer Wohnung erbeben ließ. Umm Mohammed flüchtete sich in den Kleiderschrank. Gott stehe uns bei und beschütze uns. Die Ungläubigen können die Moslems nicht besiegen. Herr, vergib uns... Das ist der Zorn Gottes... Herr, Du hast allen Grund, zornig zu sein. Es gibt keinen Islam mehr, keinen Glauben mehr. Sein Bruder und dessen neun Söhne haben uns um unseren Anteil an dem Laden betrogen. Und er haute meinen Vater bei der Abrechnung übers Ohr. Nie habe ich gesehen, daß er sich zum Gebet niederkniete. Ich bitte Dich um Vergebung, Herr, um Vergebung für Deine Diener, die Moslems. Sündig wie sie sind, sind sie doch besser als die Ungläubigen.

Sie streckte den Kopf aus dem Schrank und lauschte. Alles schien ruhig zu sein, und sie kroch vorsichtig heraus. Kaum hatte ihr Fuß den Boden berührt, stolperte sie, fiel vornüber aufs Gesicht und hielt die Arme schützend über Kopf und Ohren. Der Boden unter ihr wankte wie bei einem Erdbeben, und der Knall einer Explosion dröhnte in ihren Ohren. Sie hörte und sah nichts mehr.

Eine Minute später kam sie wieder zu sich und tastete Kopf, Schultern, Arme und Beine ab. Alles war noch da, wo es hingehörte. Ängstlich schaute sie nach oben. Die Decke war nicht heruntergefallen. Sie blickte sich im Zimmer um. Die Wände waren heil geblieben; der Schrank, das Bett, die Frisierkommode: alles stand an seinem Platz. Vielleicht war es das Wohnzimmer, das eingestürzt war? Das wäre eine Katastrophe. Die goldfarbene Sitzgarnitur, die ihr verstorbener Vater für hundertsechzig Pfund gekauft hatte! Frau Tafida und alle anderen Nachbarn hatten ihre Möbel vor zwei Wochen in Sicherheit gebracht.

Laß uns einen Lastwagen mieten, Abu Mohammed, und unsere Möbel wegbringen, sagte ich zu ihm. Doch er antwortete nur: Aber, aber, altes Mädchen, du wirst doch wohl nicht dem Geschwätz der Zeitungen glauben, daß es Krieg geben wird, oder? Solange ich zurückdenken kann, habe ich immer wieder vom Krieg gehört – aber ich habe ihn nie mit eigenen Augen gesehen...

– Und warum bringen die Leute dann ihre Möbel weg, Abu Mohammed?

– Affen machen sich alles nach! Es braucht nur einen, der hohl im Kopf ist, und schon tun es ihm alle anderen gleich.

Sie rappelte sich auf und reckte den Kopf, um die Tür zum Wohnzimmer sehen zu können. Die goldfarbene Sitzgarnitur war gewiß hinüber. Welch ein Jammer! Niemand außer ihrem verstorbenen Vater hatte je darauf gesessen.

Langsam und vorsichtig, sich die Ohren zuhaltend, ging sie auf das Wohnzimmer zu. Ihre Augen durchsuchten die Wohnung. Gott sei Dank, die goldfarbene Sitzgarnitur war unversehrt geblieben. Tausend Dank! Ihr Fuß stieß gegen etwas, das auf dem Boden lag. Um Gottes willen! Was mochte das sein? Zerbrochenes Glas? Erschrocken drehte sie sich zum Fenster um, erblickte die Fensterläden und die zerborstene Fensterscheibe und sah, daß der Boden mit kleinen Glassplittern übersät war. Das Fenster gehört nicht uns. Es gehört dem Vermieter. Sie schluckte und ging hinüber zum Eßtisch, auf dem etwas lag, das nicht wie Glas aussah. Sie streckte die Hand aus und nahm es mit spitzen Fingern auf, hielt es einen Augenblick lang fest, um es gleich darauf erschreckt fallenzulassen. Mein Gott, es konnte ein Granatsplitter oder eine Bombe sein, oder gar dieses Zeug, das sie Napalm nennen!

Die Zeit verstrich, ohne daß sie etwas hörte. Alles schien ruhig zu sein. Sie nahm die Hände von den Ohren und öffnete vorsichtig die Fensterläden. Das Geschäft am Ende der Straße war noch an seinem Platz. Davor sah sie mitten in einer Gruppe von Menschen Abu Mohammed stehen. Die Leute schauten aufgeregt um sich, drehten die Köpfe hierhin und dorthin und deuteten mit ihren Fingern auf etwas. Sie folgte mit ihren Augen der Richtung, in die die Finger zeigten und schrie entsetzt auf. Das Haus von Frau Tafida, ihrer Nachbarin, war eingestürzt! Es war ihr eigenes. Welch ein Unglück! Aber Gott sei dank war Frau Tafida mit ihren Möbeln und ihren Kindern nach Tanta gefahren. Doch was war mit Herrn Hassanain? Mein Gott, hoffentlich war er nicht im Haus! Herr Hassanain, ein angesehener Mann bei der Stadtverwaltung.

Sie zog einen schwarzen Mantel über ihre Haus-*Galabia* und ging hinaus auf die Straße. Als ihr Mann sie sah, verließ er die Leute und kam auf sie zu. Er kratzte sich an der Brust und sagte:

– Gott sei Dank, der Laden hat nichts abbekommen.

– Weil das Geld sauber ist, Abu Mohammed.

– Sauberer als sauber!

– Und was ist mit Herrn Hassanain?

– Der Herr hat ihn gerettet. Er war bei mir im Laden.

– Er ist ja auch ein ehrenwerter Mann, Abu Mohammed.

– Der Herr ist mit den Moslems.

– Und seine Frau ist eine ehrenwerte Frau. Vor zwei Wochen brachte sie ihre Möbel in Sicherheit. Warum tun wir das nicht auch, Abu Mohammed?

– Wohin sollen wir sie denn bringen?

– Zu meiner Schwester nach Damanhour.

– Und was glaubst du, wieviel der Transport bis nach Damanhour kostet?

– Koste es, was es wolle! Allein die goldfarbene Sitzgarnitur ist hundertsechzig Pfund wert. Hast du das bereits vergessen?

– Herr Hassanain sagte, daß die Stadtverwaltung Lastwagen bereitstellen will. Ich werde morgen mit ihm gehen und mir einen leihen.

– Gehen wir jetzt gleich. Wer weiß, was morgen ist.

Ihr Blick war auf ihren Mann und Herrn Hassanain gerichtet, als sie mit ein paar Schritten Abstand hinter ihnen her zur Stadtverwaltung ging. Mehr als einmal stolperte sie über Ziegelbrocken, die auf die Straße gefallen waren. In einer Hauswand bemerkte sie ein großes Loch und schmale Risse in einer Veranda. Als sie einen Laden sah, der völlig zerstört worden war, küßte sie sich die Handinnenflächen und -rücken, um Gott zu danken, und sie wandte ihr Gesicht von einem Mann ab, der aus einer Kopfwunde blutete und den ein paar Männer wegzutragen versuchten. Gott steh uns bei... ist das der Krieg? Es ist anders als der Krieg im Kino. Sie hielt den Blick auf den Rücken ihres Mannes gerichtet, dann auf den von Herrn Hassanain. Ihr Mann war klein und krumm. Er hatte einen Buckel, den sie nur einmal, in ihrer Hochzeitsnacht, gesehen hatte. Sie dachte an den blutenden Mann. Nun gut, er hat einen Buckel, aber er lebt. Sie sah, daß ihr Mann und Herr Hassanain stehenblieben. Ihr Mann drehte sich um und sagte: Warte hier auf uns, Umm Mohammed.

Umm Mohammed blieb auf der Stelle stehen. Doch als sie sich umschaute, entdeckte sie ein großes Gebäude mit blauen Fenstern, umgeben von einem mit Maschendraht umzäunten großen Garten, in dem weißer Jasmin blühte. Als sie näher an den Zaun heranging, um den Garten zu betrachten, bemerkte sie darin einen Mann in einer *Galabia*, der einen Schlauch in der Hand hielt und die Blumen goß... Beete mit roten, weißen, gelben und violetten Blumen. Während sie dem auf die Pflanzen rieselnden Wasser lauschte, mußte sie an ein Erlebnis aus ihrer Kindheit denken: Als sie am See einen Krug mit Wasser gefüllt hatte, war sie ausgerutscht und der Krug ihrer Hand entglitten, und der ganze Inhalt hatte sich über ihren Kopf ergossen. Das Rauschen des Wassers erstarb. Als sie aufblickte, sah sie bei dem Mann in der *Galabia*, der die Blumen gegossen hatte, einen Mann im Anzug stehen. Die beiden gingen zwischen den Blumenbeeten hindurch auf ein großes Beet neben dem Zaun zu, an dem sie stand... Sie hörte den Mann im Anzug mit lauter Stimme sagen: Diese Rose da gefällt mir nicht. Der Mann in der *Galabia* fragte leise: Warum nicht, Herr?

– Ihre Farbe ist zu blaß. Eine Rose muß von sattem Rot sein...

Sie heftete ihren Blick auf die rosigen Lippen des Mannes, als er sagte: Von sattem Rot... wie das Blut einer Gazelle.

Der Mann in der *Galabia* erwiderte: Sehr wohl, Herr. Der Mann in dem modernen Anzug verschwand in dem großen Gebäude. Der Mann in der *Galabia* fuhr fort, den Garten zu gießen.

Sie drückte ihr Gesicht an den Zaun, starrte die rote Rose an, sog den Duft des Jasmin ein und lauschte dem auf die Blumen rieselnden Wasser... Träume ich? Wo bin ich? In welcher Stadt? Sie erinnerte sich, daß vor ungefähr einer Stunde in Ismailia der Krieg ausgebrochen war, daß sie in ihrer Wohnung die Explosionen gehört und Herrn Hassanains zerstörtes Haus gesehen hatte. Sie konnte sich an all das erinnern, nicht jedoch daran, mit dem Zug oder dem Bus an diesen Ort gefahren zu sein. Konnte sie zu Fuß von der einen in die andere Stadt gelangt sein? Das war das Werk des Teufels. Oder sind wir mit dem Zug gefahren?

Eine laute Stimme aus dem Garten schreckte sie aus ihren Gedanken.

– Was machen Sie hier, junge Frau?

– Wo auf der Welt sind wir hier?

– In Ismailia.

– Wo war dann vor ungefähr einer Stunde Krieg?

Der Mann zeigte mit seinem Schlauch in Richtung der Straße, aus der sie gekommen waren, und sagte: Da hinten, weit weg, in Qurshiya. Gehen Sie vom Zaun weg, sonst werden Sie naß!

Als sie zurücktrat, sah sie ihren Mann mit Herrn Hassanain auf sich zukommen und hörte ihren Mann sagen: Morgen kommt der Lastwagen! Schweigend ging sie neben ihm her, bis sie ihn unvermittelt fragte: Gehen wir zu Fuß zurück oder nehmen wir den Zug? Es schien ihr, als starrte ihr Mann sie mit weit aufgerissenen Augen an; aber leise wiederholte sie ihre Frage: Gehen wir zu Fuß zurück oder nehmen wir den Zug?

Kein Platz im Paradies

Mit ihrer Handfläche berührte sie den Boden unter sich, doch sie fühlte keine Erde. Sie blickte nach oben, reckte den Hals zum Licht. Ihr Gesicht war lang und schmal, die Haut sehr dunkel, fast schon schwarz.

Sie konnte ihr Gesicht nicht sehen, denn sie saß im Schatten und hielt keinen Spiegel in der Hand. Aber das weiße Licht fiel auf ihren Handrücken und ließ auch ihn weiß schimmern. Ihre halb geschlossenen Augen weiteten sich vor Erstaunen und füllten sich mit Licht. So geweitet und lichtdurchflutet sahen ihre Augen aus wie die einer *Huri*.

Verwundert wandte sie den Kopf nach rechts und nach links. Sie saß im Schatten hoher Laubbäume, vor ihr war eine weite Ebene und ein Fluß, der glitzerte wie ein silbernes Band, tausende Tröpfchen schimmerten wie Perlen; und dann der tiefe Teller, bis zum Rand gefüllt mit Suppe.

Ihre Lider spannten sich, und sie öffnete die Augen so weit es ging. Die Szene blieb die gleiche, veränderte sich nicht. Sie strich über ihr Gewand und fand, daß es weich wie Seide war. Vom Ausschnitt ihres Kleides her wehte ein Hauch von Moschus oder einem edlen Parfüm.

Sie wagte nicht, den Kopf oder die Augen zu bewegen, weil sie fürchtete, das Bild könnte sich durch ein Zwinkern ihrer Augenlider verändern oder gar ganz entschwinden, wie es schon mehrmals geschehen war.

Doch aus den Augenwinkeln gewahrte sie den Schatten, der sich endlos vor ihr erstreckte, und die grünen

Bäume, zwischen deren Stämmen sie ein palastartiges Haus aus rotem Backstein sehen konnte, zu dessen Schlafgemach eine Marmortreppe führte.

Sie saß regungslos da und wußte nicht, ob sie es glauben sollte oder nicht. Nichts verwirrte sie mehr als die Wiederkehr des Traumes, daß sie gestorben war und sich beim Erwachen im Paradies wiederfand. Der Traum erschien ihr unglaublich, denn das Sterben schien unglaublich, noch undenkbarer schien das Wiedererwachen nach dem Tod, und die vierte Unmöglichkeit war es, ins Paradies zu kommen.

Sie hielt ihren Hals noch steifer und starrte mit zusammengekniffenen Augen ins Licht. Der Anblick war immer noch der gleiche, unverändert: Das rote Backsteinhaus, das aussah wie das des *Omda*; die lange, steile, zum Schlafzimmer führende Treppe; der Raum selbst, in weißes Licht getaucht; das Fenster, das den Blick auf ferne Horizonte freigab; das große, breite Bett mit den seidenumhüllten Pfosten, alles war noch da.

Alles war so wirklich, daß sie es nicht als Trugbild abtun konnte. Sie verharrte an ihrem Platz und wagte weder, sich zu rühren noch, ihren Augen zu trauen. War es möglich, zu sterben und so schnell aufzuerstehen und ins Paradies zu gelangen?

Was ihr am meisten schwerfiel zu glauben, war, wie schnell all dies geschehen war. Der Tod war demnach eine leichte Sache. Jeder starb irgendwann, und ihr eigener Tod war leichter als der anderer, weil sie stets zwischen Leben und Tod gelebt hatte, näher dem Tod als dem Leben: Als ihre Mutter sie gebar und mit ihrem ganzen Gewicht auf ihr lag, bis sie erstickte; wenn ihr Vater ihr mit der Hacke auf den Kopf schlug, bis sie tot war; als sie nach jedem Kind, sogar noch nach dem achten, Fieber bekommen hatte; wenn ihr Ehemann ihr in den Bauch trat oder wenn die Sonne ihr auf den Kopf knallte und die glühenden Strahlen ihren Schädel durchbohrten.

Ihr Leben war so schwer, daß sie den Tod als leicht empfand. Noch leichter war es, vom Tode wieder aufzuerstehen, denn niemand stirbt ohne ein Erwachen nach dem Tod; jedermann stirbt und wacht wieder auf; nur die Tiere sterben und bleiben tot.

Auch daß sie ins Paradies kommen würde, erschien ihr zunächst unmöglich. Aber wenn nicht sie, wer käme dann ins Paradies? Während ihres ganzen Lebens hatte sie nichts getan, das Allah oder Seinen Propheten hätte erzürnen können. Ihr schwarzes, krauses Haar band sie stets mit einem Wollstrang zu einem Zopf zusammen; den Zopf verbarg sie unter einem weißen Kopftuch, und ihren Kopf verhüllte sie mit einem schwarzen Schleier. Ihr langes Gewand ließ nichts als ihre Fersen sehen. Von ihrer Geburt an bis zum Tod kannte sie nur das eine Wort: Jawohl.

Vor Tagesanbruch, wenn ihre Mutter sie unsanft mit einem Stoß in die Seite aus dem Schlaf riß und ihr befahl, getrockneten Kuhdung auf dem Kopf zu transportieren, kannte sie nur eine Antwort: Jawohl. Wenn die Kuh krank war und ihr Vater sie an deren Stelle vor das Wasserrad spannte, sagte sie nur: Jawohl. Niemals erhob sie den Blick zu den Augen ihres Ehemannes, und wenn er auf ihr lag, auch wenn sie fieberkrank war, kam nur das eine Wort über ihre Lippen: Jawohl.

Niemals im Leben hatte sie gelogen oder etwas gestohlen. Lieber wäre sie hungrig geblieben oder hungers gestorben, als daß sie anderen etwas von ihrem Essen weggenommen hätte, selbst wenn es das ihres Vaters, ihres Bruders oder ihres Ehemannes gewesen wäre. Ihrem Vater mußte sie seinen Proviant, den die Mutter in einen flachen Brotlaib tat, auf dem Kopf aufs Feld bringen. Auch die Mutter ihres Mannes packte dessen Essen immer in einen Laib Brot. Wenn sie damit unterwegs war, geriet sie stets in Versuchung, im Schatten eines Baumes anzuhalten und den Laib auseinanderzuklappen, aber nicht ein einziges Mal tat sie es. Immer, wenn sie in Versuchung geriet, rief sie Gott an, sie vor dem Satan zu bewahren; und wenn ihr Hunger unerträglich wurde, rupfte sie sich ein Büschel Gras vom Wegesrand, kaute es wie Kaugummi und spülte es mit einem Schluck Wasser hinunter. Danach schöpfte sie mit ihrer hohlen Hand am Ufer des Kanals Wasser, bis sie ihren Durst gestillt hatte. Wenn sie sich dann den Mund am Ärmel ihres Gewandes abwischte, murmelte sie dreimal vor sich hin: Gott sei gedankt. Fünfmal am Tag betete sie und dankte Gott mit zu Boden gesenkter Stirn. Selbst wenn sie vom Fieber geschüttelt wurde und das Blut wie Feuer durch ihren Kopf schoß, pries sie doch Allah. An Fastentagen fastete sie, an Backtagen buk sie, an Erntetagen erntete sie, an religiösen Feiertagen legte sie ihre Trauerkleidung an und ging auf den Friedhof.

Niemals widersetzte sie sich ihrem Vater, ihrem Bruder oder ihrem Mann. Wenn ihr Mann sie halbtot schlug und sie zu ihrem Vaters zurückkehrte, schickte ihr Vater sie zu ihrem Mann zurück. Lief sie erneut weg, verprügelte ihr Vater sie und schickte sie *danach* zurück. Wenn ihr Mann sie nicht hinauswarf, sondern sie wieder aufnahm und aufs neue schlug, lief sie zu ihrer Mutter, die ihr sagte: Geh zurück, Zeinab. Das Paradies wird dir im Jenseits sicher sein.

Von klein auf hatte sie das Wort ,Paradies' aus dem Mund ihrer Muter gehört. Sie ging mit Kuhdung auf dem Kopf unter der sengenden Sonne, ihre Fußsohlen verbrannten auf der glühendheißen Erde, als sie es zum ersten Mal hörte. Seitdem stellte sie sich das Paradies als eine weite schattige Ebene vor, in der keine Sonne auf sie niederbrannte, wo sie keinen Dung auf dem Kopf, aber wie Hassanain, der Nachbarssohn, Schuhe an den Füßen trug, in denen sie dann wie er auf der Erde herumstapfen konnte und sie beide Hand in Hand im Schatten saßen.

Wenn sie an Hassanain dachte, stellte sie sich nichts weiter vor, als daß sie, einander an den Händen haltend, im schattigen Paradies säßen. Doch ihre Mutter schalt sie deswegen und sagte ihr, daß weder ihr Nachbarssohn Hassanain noch der Sohn irgendeines anderen Nachbarn im Paradies sein werde, daß ihr Blick auf keinen anderen Mann als ihren Vater oder ihren Bruder fallen werde, daß, wenn sie nach der Heirat stürbe und ins Paradies käme, nur ihr Ehemann dort sei, daß, sollte ihre Seele, wach oder schlafend, je in Versuchung geführt werden und ihr Blick auf einen anderen als ihren Ehemann falle – auch vor der Vermählung – sie nicht einmal einen flüchtigen Blick auf das Paradies erhaschen würde oder es auch nur aus tausend Metern Entfernung zu riechen bekäme...

Fortan sah sie in ihren Träumen nur ihren Mann. Im Paradies schlug er sie nicht. Sie trug auch keinen Kuhdung auf ihrem Kopf, und ihre Fußsohlen wurden nicht von heißer Erde versengt. Ihr schwarzes Schlammziegelhaus wurde zu einem Haus aus rotem Backstein, innen mit einer steil hinaufführenden Treppe und einem großen Bett, auf dem ihr Mann saß und ihre Hand in der seinen hielt.

Ihre Vorstellung reichte nicht weiter, als daß sie im Paradies seine Hand hielt. Nicht ein einziges Mal in ihrem Leben hatte sie die Hand ihres Mannes gehalten. Acht Söhne und Töchter hatte sie von ihm empfangen, ohne je seine Hand gehalten zu haben. Im Sommer schlief er auf dem Feld, im Winter in der Scheune oder über dem Ofen. Er lag die ganze Nacht auf dem Rücken, ohne sich zu rühren. Und wenn er sich umdrehte, dann schrie er mit einer Stimme, die klang wie die eines Schakals: Frau! Und noch bevor sie mit ‚Ja' oder ‚Jawohl' antworten konnte, hatte er sie schon mit dem Fuß auf den Rücken gestoßen und sich auf sie gerollt. Sprach sie einen Ton oder seufzte sie leise, versetzte er ihr noch einen Tritt. Gab sie keinen Ton und kein Seufzen von sich, erhielt sie einen dritten Tritt und danach einen vierten, bis sie es tat. Nicht einmal zufällig hielt seine Hand die ihre, kein einziges Mal streckte er seinen Arm aus, um sie zu umarmen.

Nie hatte sie ein Menschen- oder anderes Paar gesehen, das sich umarmte, außer im Taubenschlag. Wenn sie dort hinaufging, sah sie oben auf der Mauer manchmal ein Taubenpaar, das die Schnäbel aneinander rieb Oder wenn sie hinüberging zum Viehgehege oder hinter der Mauer des Hauses hervorkam, erblickte sie ein Paar – Bulle mit Kuh oder Büffel oder Hunde – und ihre Mutter verfluchte die Tiere und schlug mit einem Bambusstock auf sie ein.

Während ihres ganzen Lebens hatte sie nie den schwarzen Schleier oder das darunter gebundene weiße Kopftuch abgenommen. Einzig, wenn jemand starb, nahm sie das Kopftuch ab und wickelte statt dessen den schwarzen Schleier um ihren Kopf. Als ihr Mann starb, knotete sie den schwarzen Schleier zweimal um ihre Stirn und trug drei Jahre lang Trauerkleidung. Als ein Mann um ihre Hand anhielt, ohne ihre Kinder zu wollen, spuckte ihre Mutter verächtlich auf den Boden, zog ihr den Schleier in die Stirn und wisperte ihr zu: Das ist schändlich! Gibt eine Mutter ihre Kinder eines Mannes wegen auf? Die Jahre vergingen und ein anderer Mann hielt um ihre Hand an und wollte auch die Kinder. Ihre Mutter zeterte mit sich überschlagender Stimme: Was will eine Frau, die bereits Mutter ist, in dieser Welt denn noch, wenn ihr Mann gestorben ist?

Eines Tages wollte sie den schwarzen Schleier endlich ablegen und sich wieder ein weißes Kopftuch umbinden, doch sie fürchtete, die Leute könnten meinen, sie hätte ihren Mann vergessen. Also trug sie weiter das schwarze Tuch und ihre Trauerkleidung und grämte sich über den Verlust ihres Mannes, bis sie selbst vor Gram starb.

Sie fand sich in einem Sarg wieder, eingehüllt in ein seidenes Leichentuch. Inmitten des Trauerzuges hörte sie das Wehklagen ihrer Mutter, das klang wie das Geheul eines Wolfes in der Nacht oder wie das Pfeifen eines Zuges: Im Paradies wirst du deinen Mann wiedersehen, Zeinab.

Dann verstummte das Geschrei. Sie hörte nichts als Stille und roch nur noch die Erde. Der Boden unter ihr fühlte sich seidenweich an. Sie sagte sich: Das muß mein Leichentuch sein. Über ihrem Kopf ertönten rauhe Stimmen, als ob zwei Männer miteinander stritten. Sie wußte nicht, worüber sie stritten, bis sie hörte, daß einer von ihnen ihren Namen erwähnte und sagte, sie verdiene es, direkt ins Paradies zu kommen, ohne die Qual des Grabes zu erleiden. Doch der andere Mann war nicht einverstanden und bestand darauf, daß sie einige Qualen erdulden müsse, zumindest ein paar: Sie kann nicht direkt ins Paradies eintreten. Jeder Mensch muß durch die Qualen des Grabes. Aber der erste Mann beharrte darauf, daß sie nichts getan habe, was Folter rechtfertige und daß sie ihrem Mann hundertprozentig treu gewesen sei. Der zweite Mann argumentierte, daß ihr Haar unter dem weißen Kopftuch hervorgelugt und daß sie es mit Henna rot gefärbt habe und daß ihre hennagefärbten Fersen unter ihrem Gewand zu sehen gewesen seien.

Der erste Mann entgegnete, daß sie ihr Haar niemals gezeigt habe, daß sein Kollege nur den wollenen Faden gesehen habe, daß ihr Gewand lang und aus dickem Stoff gewesen sei, daß sie darunter sogar noch dickere und längere Unterröcke getragen und daß niemand ihre rot gefärbten Fersen gesehen habe.

Aber sein Kollege widersprach ihm und blieb bei der Behauptung, daß ihre rotbemalten Fersen auf viele Männer aus dem Dorf verführerisch gewirkt hätten.

Der Streit zwischen den beiden Männern währte die ganze Nacht. Sie lag mit dem Gesicht nach unten, ihre Nase und ihr Mund waren in die Erde gepreßt. Sie hielt ihren Atem an und stellte sich tot. Denn möglicherweise würde ihre Leidenszeit noch verlängert, wenn sich herausstellte, daß sie gar nicht gestorben war – der Tod konnte sie retten. Sie hörte nicht, was die beiden sagten; niemand, weder Mensch noch Geist, kann hören, was nach seinem Tod im Grab geschieht. Und wenn man zufällig doch etwas gehört hat, muß man so tun, als hätte man nichts gehört und nichts verstanden. Es ist wichtig zu begreifen, daß jene zwei Männer keine Grabesengel oder Engel anderer Art sind, denn Engel hätten die Wahrheit kennen müssen, die jeder im Dorf, der Augen im Kopf hatte, auch kennen konnte: daß ihre Fersen niemals rot gewesen waren wie die der Tochter des *Omda*, sondern daß sie, wie ihr Gesicht und ihre Handflächen, immer rissig und schwarz wie die Erde waren.

Der Streit endete noch vor dem Morgengrauen, ohne daß sie zur Folter verdammt worden wäre. Als die Stimmen verstummten, dankte sie Gott. Ihr Körper wurde leichter und glitt nach oben, als flöge sie. Sie schwebte wie im Himmel, dann fiel ihr Körper nach unten und landete sanft auf weicher, feuchter Erde, und sie stieß atemlos hervor: Das Paradies!

Vorsichtig hob sie den Kopf und sah vor sich eine weite grüne Ebene unter dem Schatten dicht belaubter Bäume.

Sie setzte sich hin und sah die Bäume sich endlos vor

ihr erstrecken. Frische Luft füllte ihre Lungen und verdrängte den Schmutz, den Staub und den Geruch von Dung.

Mit leichter Bewegung erhob sie sich. Zwischen den Baumstämmen konnte sie das Haus aus rotem Backstein sehen; der Eingang war direkt vor ihren Augen.

Schnell atmend betrat sie es eilig. Keuchend stieg sie die steile Treppe hoch. Vor dem Schlafzimmer blieb sie kurz stehen, um Atem zu schöpfen. Ihr Herz schlug wild, ihre Brust wogte.

Die Tür war geschlossen. Vorsichtig streckte sie die Hand aus und stieß dagegen. Sie sah die vier Bettpfosten und einen seidenen Vorhang. In der Mitte stand ein großes Bett, auf dem ihr Mann thronte wie ein Bräutigam. Zu seiner Rechten war eine Frau. Zu seiner Linken eine andere Frau. Beide trugen durchsichtige Gewänder, unter denen ihre Haut, weiß wie Honig, hindurchschimmerte. Ihre Augen waren voller Licht wie die Augen von *Huris*.

Das Gesicht ihres Mannes war von ihr abgewandt, so daß er sie nicht sah. Ihre Hand lag noch immer auf dem Türgriff. Sie zog daran und die Tür fiel ins Schloß. Sie kehrte zur Erde zurück und sagte sich: Es ist kein Platz im Paradies für eine schwarze Frau.

Zwei Freundinnen

Der Glanz in ihren schwarzen Pupillen war der gleiche wie vor dreißig Jahren, hell und strahlend wie das Tageslicht. Unwillkürlich hob sich ihre Hand, um sie zu umarmen. Doch ihre Armmuskeln verkrampften sich, unschlüssig, ob sie sie fest an sich ziehen oder einen Abstand lassen sollte –und wäre es auch nur ein Millimeter –, so daß ihre Oberkörper sich nicht berührten. Ihre Brust mit dem dunkelroten Muttermal hatte sich in den dreißig Jahren nicht verändert. Die kleinen Brüste unter ihrem weißen Kleid waren straff, fest und bereit zu geben. Sie hatte sich die kindliche Offenheit und Unschuld eines kleinen Mädchens bewahrt, das noch von keinem Mann berührt wurde, das noch nicht drei Kinder geboren hat, obwohl ihr ältester Sohn inzwischen ein erwachsener Mann war und ihre jüngste Tochter bereits selbst zwei Kinder hatte.

Dreißig Jahre waren vergangen, seit sich die beiden das letzte Mal getroffen hatten. Wenn sie sie zufällig irgendwo sah, wandte sie schnell ihr Gesicht ab, bevor sich ihre Blicke treffen konnten, um ihr nicht in die Augen sehen zu müssen. Früher war kein Tag vergangen, an dem sie sie nicht gesehen oder sie angerufen hätte, um ihr zu erzählen, was sie inzwischen erlebt hatte. Während der Schulzeit verging kein Tag, an dem sie nicht ihre Köpfe zusammengesteckt und sich Neuigkeiten, den letzten Schabernak oder einen Scherz zugeflüstert hätten. Sie unterdrückten ihr Gekicher, bis sich so viel Luft in ihrer Brust angestaut hatte, daß sie fast erstickten und sich die Atemluft prustend ihren Weg durch Nase und Mund nach außen erzwang, worauf die Lehrerin aufhörte, sich vor der Tafel wie ein Pendel hin und her zu bewegen und sie beide mit ihren dünnen, spitzen, an ein Stück Kreide erinnernden Fingern vor die Tür wies. In den Sommerferien hatte ein Ferienziel nur dann etwas mit Ferien zu tun und war eine Reise nur dann eine richtige Reise, wenn ihre Freundin sie begleitete. Ohne ihre Freundin verloren das Meer, der Strand, ihr Zuhause, die Schule, die Straße, die ganze Welt, ihren Glanz, war das Leben, in dem es dann außer Mutter, Vater, Brüdern, Tanten und Onkeln nichts gab, langweilig und freudlos. Zwischen denen und ihr gab es nichts zu bereden und keine Unterhaltung. Sie wußten nicht mehr von ihr, als die Ergebnisse ihrer Jahresabschluß-prüfungen und daß ihr Körper weibliche Rundungen entwickelte. Ihre Brüste wuchsen und wuchsen, bis ihr Busen so groß war wie der ihrer Mutter. Niemand ahnte, daß unter dem üppigen Busen ein kleiner, faustgroßer Muskel wild zu schlagen begann, sobald ihre Augen durch die Gitterstäbe ihres Fensters das Gesicht mit der spitzen Nase und dem buschigen schwarzen Schnurrbart erkannten. Sein Name durfte nicht über ihre Lippen kommen. Ihre Mutter, die an der Tür des Zimmers lauschte, in dem sie und ihre Freundin saßen, stieß einen Seufzer der Erleichterung aus, wenn nur die Namen von Mädchen und keine Jungennamen durch das Schlüsselloch an ihr Ohr drangen. Sie achtete besonders auf die letzte Silbe jedes Namens, wurde doch ein Jungenname durch Anhängen der weiblichen Endung zu einem Mädchennamen: Amin zu Amina, Nabil zu Nabila und so fort, bis sie ihr Geplauder beendeten, und das war erst zu Ende am Ende des Tages, am Ende des Jahres, nach dem letzten Schuljahr, nach der Abschlußprüfung und schließlich der Abschlußfeier. Dann plötzlich trennte der Heiratsvertrag die weibliche Endung von der letzten Silbe ab, und der Name wurde ein männlicher.

Sie hielt noch immer ihren Arm ausgestreckt, die Muskeln noch immer angespannt; noch immer schwankte sie unschlüssig zwischen völliger Umarmung und dem Halten eines Abstands zwischen den beiden Oberkörpern. Ihre schweren Brüste hingen unter der schwarzen Trauerkleidung genauso wie die Brüste ihrer Mutter, an denen sie und ihre sieben Geschwister gesaugt hatten, die niemals leer wurden oder zuwenig Milch hatten, sondern ständig gefüllt waren. Ihr Haß auf ihre Mutter nahm immer mehr zu. Seit sie entwöhnt worden war, hatte ihre Brust die ihrer Mutter niemals mehr in einer Umarmung berührt. Kehrte sie von einer Reise zurück, schüttelte die Mutter ihr bei der Begrüßung nur die Hand oder legte flüchtig einen Arm um ihre Schulter, so daß immer ein Abstand zwischen ihnen blieb, der voller schmutziggrauer Staubflocken war. Ihr klang eine sanfte Stimme im Ohr, die ihres Vaters, wenn sie sich an seiner breiten, behaarten Brust wie ein Embryo zusammenrollte und ihren Kopf an seinen kräftigen Hals schmiegte. Dann kletterte sie an ihm hoch und streckte ihre Hand nach seinem buschigen Schnurrbart aus, der nach Tabak roch. Er kniff sie in die Wange, worauf sie vor Vergnügen kreischte, an seinem Schnurrbart zog und er in schallendes Lachen ausbrach und seine nikotinverfärbten Zähne sehen ließ. Die den Boden fegende Mutter starrte dann mit grauem Schleier vor den Augen durch den staubigen Raum zu ihnen hin. Ihr Vater flüsterte ihr ins Ohr: Deine Mutter ist eifersüchtig auf dich. Die Stimme setzte sich in ihrem Trommelfell fest, die Worte flossen durch ihre Adern, und die Blutkörperchen verdichteten sich schwer wie Blei in ihren Gehirnzellen zu der fixen Idee: Meine Mutter ist im Konkurrenzkampf mit mir. Sie und ich, wir sind Rivalinnen.

Ihr Vater starb vor ihrer Mutter, und sie war überzeugt, daß die Mutter ihn getötet hatte. Ihre Augen waren voller stummer Anklagen auf sie gerichtet, ohne je zu fragen oder ein Wort zu sagen, bis ihrer Mutter Brust der letzte Atemzug entströmte und sie ein letztes Mal die Hand zur Umarmung ohne Berührung ausstreckte. Bevor sich die Augen ihrer Mutter für immer schlossen, riß sie sie plötzlich ganz weit auf, und in diesem offenen, stummen Blick erkannte sie die Wahrheit. Als sie nun verstand, weiteten sich ihre Augen, wurden fast so groß wie das Rund der Erde und so weit, wie die Wahrheit sich zu spät gezeigt hatte. Die Augen schlossen sich und ihre Arme mühten sich verzweifelt, die Distanz in der Umarmung zu überbrücken. Doch die Distanz zwischen ihnen war nicht mehr nur Luft. Sie war zu einer unüberwindbaren Mauer geworden. Die Brust ihrer Mutter war nicht mehr die Brust, sie verhärtete sich unter ihrer Hand wie ein Teil der Erde, wurde hart und grau wie Granit. Die Wandfarbe im Zimmer ihrer Mutter blätterte ab, und die Backsteine wurden einer auf dem anderen sichtbar. Darauf hing ein Bild ihres Vaters, der etwas Großes auf dem Kopf trug. Auf jeder Schulter war etwas aufgebläht, wie eine weitere Schulter; in jedem seiner gütig lächelnden Augen war ein weiteres Auge, ohne Güte, ohne ein Lächeln.

Ihr ausgestreckter Arm hielt sie noch immer fest, versuchte verzweifelt, sie zu umarmen und den Abstand zwischen den beiden Oberkörpern zu überwinden. Die andere Brust blieb fest, offen und bereit zu geben. Doch ihre großen Brüste hingen voller Schuld und schwer wie die Erde schlaff herunter. Dreißig Jahre lang hatte sie ihre Mutter und die großen Brüste, die sie von ihr geerbt hatte, gehaßt. Von ihrer Brust breitete sich der Haß über den ganzen Körper aus, und sie glaubte nicht mehr, daß ein Mann sie so lieben könnte, wie es ihr Vater getan hatte.

Nach dem Tod des Vaters heiratete sie einen Mann, den sie an ihrer Brust versteckte, Jahr für Jahr. Nach der Hochzeit fiel die weibliche Endung ihres Namens weg. Sie rollte sich an seiner haarigen Brust wie ein Embryo zusammen und schmiegte ihren Kopf an seinen Hals, um an seinem Schnurrbart zu ziehen und zu lachen. Doch nie sah sie ihn lachen oder wenigstens lächeln, und sie gebar ihm ohne ein Lächeln, ohne Fröhlichkeit, ohne Freude vier Jungen und ein Mädchen. Sogar die Freude am Essen, am Duft des neuen Tages verging und alles, was blieb, war der Geruch von Staub, wenn sie den Boden fegte. Auf dem Sofa wiegte sich ihre kleine Tochter in seinem Schoß oder er spielte den Esel, auf dem sie reiten konnte. Durch die in den Sonnenstrahlen tanzenden Staubflocken hindurch trafen sich ihre Blicke, und das Lachen verstummte, die Fröhlichkeit verschwand und ein grauer Schleier überzog alle drei Augenpaare. Seit der Hochzeitsnacht haßte sie ihn. Ihr ältester Sohn war bereits erwachsen, aber noch immer wusch sie seinen Rücken mit Schwamm und Seife, und dichtes Haar wuchs wie Gras auf seiner Brust. Immer, wenn er das Haus verließ und wenn er zurückkam, schloß sie ihn in die Arme, berührten ihre großen, vollen Brüste seine Brust. In ihren Ohren klang die rauhe Stimme seines Vaters: Er ist doch kein Kind mehr! Er ist ein Maulesel! Ihr Sohn erwiderte kaum hörbar: Wenn hier einer ein Maulesel ist, dann bist du es.

Die grauen Haare auf seiner Oberlippe sträubten sich, und er zeigte die morschen, nikotinverfärbten Zähne. Die große Hand holte aus und zögerte, ob sie auf dem Gesicht des Sohnes oder der Mutter landen sollte. Bevor das schwarze Haar ergraut war, landete die Hand stets im Gesicht des Kindes. Aber das Kind wurde zum Mann, der doppelt so groß wie sein Vater war. Die große Hand zögerte nicht länger, im Gesicht der Mutter zu landen.

Mit jedem Schlag fuhr ihre Hand in die Höhe, die Muskeln gespannt und unentschlossen, ob sie in sein Gesicht, eines der Gesichter ihrer vier Söhne oder des kleinen Mädchens schlagen sollte. Immer landete die Hand im Gesicht des Mädchens. Sie war die kleinste und schwächste und außerdem nur ein Mädchen. Nachts schlief sie neben ihm, als ob nichts geschehen wäre. Er streckte seinen Arm nach ihr aus, um sie zu umarmen, als ob nichts geschehen wäre. Am nächsten Morgen bereitete sie ihm seinen Tee, als ob nie etwas gewesen wäre. Er machte sich wie immer auf den Weg zur Arbeit und kam abends nach Hause. Und sie ging wie gewöhnlich zur Arbeit, nachdem er das Haus verlassen hatte. Sie kehrte vor ihm zurück, und wenn er heimkam, hatte sie bereits den Fußboden gefegt, Wäsche gewaschen und gekocht.

Ihr Arm war noch immer ausgestreckt, um die beiden Körper aneinanderzudrücken, ihre Muskeln waren noch immer unfähig, die Distanz zu überwinden; ihre Augen wichen ihrem Blick aus; doch der Glanz in den schwarzen Pupillen war nach dreißig Jahren noch immer so hell wie das Tageslicht. Um Augen und Mund herum hatten sich feine Fältchen gebildet, aber die Haut war noch immer straff wie eine Sehne. Unter den kleinen, festen Brüsten hob und senkte sich der Brustkorb. Ihre Rückenmuskeln waren straff gespannt, und unter ihrem Arm pulsierte es im Rhythmus des Herzens. Eine Wärme gleich der Flamme der Jugend strömte mit dem Blut von ihrem Arm in ihre Schulter und den Rücken, und sämtliche Muskeln ihres Körpers arbeiteten Jahr um Jahr um Jahr und ließen sie nach dreißig Jahren erscheinen, wie sie immer gewesen war – wie eine Schülerin in der Schulklasse. Der chronische Schmerz in ihrem Hinterkopf ließ nach, und das Gewicht ihres Körper, des Kopfes auf dem Hals, des Halses auf den Schultern, des Brustkorbs über dem Herzen und überhaupt alles wurde leichter; sogar ihr üppiger, lästiger Busen nahm ab und saß straff über ihren Rippen. Die verschlossenen Kanäle in ihrem Herzen wurden frei, und die Luft strömte in keuchenden Schüben durch Nase und Mund in den Brustkorb. Sie streckte ihren Arm weiter aus und spannte die Muskeln an, versuchte verzweifelt, die Distanz zu überwinden. Wie eine kupferne Kugel steckte die fixe Idee in ihrem Hirn. Alles in ihrem Leben veränderte sich, bis auf diese fixe Idee. Ihr Körper veränderte sich, ihre Gesichtszüge veränderten sich, die Farbe ihrer Augen veränderte sich, ihre Muskeln und die ganze Art, wie sie sich auf der Erde bewegte, ja, die Erde selbst, veränderte sich. Die Gehirnzellen unter ihrer Schädeldecke verwandelten sich in andere Zellen. Nur diese fixe Idee hatte Bestand wie ein kupferne Kugel, die klein war wie ein Stecknadelkopf und sich höchstens ein wenig von hinten nach vorn, von links nach rechts oder von rechts nach links bewegte, aber dieselbe blieb, unverändert.

Ihr Arm war immer noch zur Umarmung erhoben. Ein Abstand von nicht mehr als einem Millimeter trennte die beiden Oberkörper noch voneinander. Ihr Kopf streifte den schlanken Hals, in dem der Puls pochte wie ein Mutterherz. Ihr Blut strömte vom Nacken in den Rücken und in die Wirbelsäule und stieg wieder in den Kopf, wo es auf die eingerostete Kupferkugel traf. Ihre Nase war dicht an dem Hals, um den Tabakduft zu riechen. Sie wollte schon ihre Hand ausstrecken, um an dem Schnurrbart auf der Oberlippe zu zupfen, aber ihre Finger verkrampften sich über der weichen, haarlosen Haut. Lilienduft statt Tabakgeruch durchzog ihre Brust. Über ihrem ausgestreckten Arm sah sie die nackte Wand, darauf in einem schwarzen Rahmen das Gesicht ihres Vaters, auf der breiten Stirn eine Furche, so tief wie ein

Graben. Zwei Augen unterhalb der Furche starrten sie an wie die Augen ihres Mannes. Dreißig Jahre lang hatte sie mit ihm zusammengelebt, hatte sie das Bett mit ihm geteilt, ohne daß sie je seine Augen gesehen hätte. Jahr um Jahr, Tag um Nacht hatte sie ihm nicht ein einziges Mal ins Gesicht gesehen. Gewöhnlich ging sie morgens zur Arbeit, wenn er das Haus verlassen hatte und kehrte am Abend vor ihm zurück. Gewöhnlich fegte sie den Boden, wusch die Wäsche und kochte das Essen.

Einmal kam sie, ungewöhnlich, früher von der Arbeit nach Hause und fand ihn im Bett in den Armen einer anderen Frau. Sein Rücken war ihr zugekehrt, so daß sie sein Gesicht nicht sehen konnte. Was sie sah, war die Brust der anderen Frau. Die kleinen Brüste waren straff und fest und bereit zu geben, ein dunkelrotes Muttermal war auf der Brust über dem Herzen.

Die Muskeln ihres Armes waren immer noch angespannt, und sie versuchte verzweifelt, das tief in ihrem Hinterkopf eingeprägte Bild auszulöschen. Wie eine schwarze Wolke lag die Zeit über dem Auge, der Schmerz wie ein tiefer Graben im Herzen. Ihr Mann ging fort, starb und kehrte wieder mit einem langen Tuch über dem Gesicht, das ihn wie der Schleier einer Frau von Kopf bis Fuß bedeckte, und seine Augen an der Wand starrten sie ohne ein Lächeln an, wie die Augen ihres Vaters. Auf der breiten Stirn war eine Furche, so tief wie ein Graben. Ihr Arm versuchte noch ein letztes Mal, sie ganz fest zu umarmen. Immer noch bestand die Distanz zwischen ihrer und der anderen Brust, war die Luft dazwischen so dick wie die Wand, die einen Riß, tief wie eine Wunde, hatte. Aber der Glanz in den schwarzen Pupillen war immer noch so hell wie das Tageslicht, und auf ihrer Brust war ein dunkelrotes Muttermal. Ihr Herz war offen und bereit zu geben, ihr Blut schoß vom Herzen in den Kopf.

Im Strom des Blutes löste sich das Stück Rost von den Gehirnzellen und wurde weggespült. Vor dem Auge schmolz die Zeit wie ein von Tränen weggewaschener Schleier. Brust drückte sich direkt an Brust, Kopf lag an Kopf wie zur Schulzeit. Sie hielten den Atem an, bis ihre Lungen so voller Luft waren, daß sie fast erstickten. Die zurückgehaltene Luft bahnte sich prustend gewaltsam ihren Weg durch Nasenlöcher und Münder, wie bei zwei Kindern, die gleichzeitig lachten und weinten. Aus dem Mauerriß starrte das offene Auge sie an, und Lachen und Weinen lösten einander ab.

„Wunderschön"

Als er an jenem Abend nach Hause kam, fand er sie nicht in ihrem Bett. Seit er in der neuen Firma arbeitete, kam er abends so spät nach Hause, daß sie sich bereits schlafen gelegt hatte, und bevor sie morgens erwachte, hatte er die Wohnung schon wieder verlassen. Auch an jenem Morgen war er wie üblich zur Arbeit gegangen, während sie noch schlief, wie immer an der Wandseite des Bettes unter ihrer Decke zu einem weißen Knäuel zusammengerollt.

Regungslos stand er da und starrte in die Dunkelheit. Das breite Bett war so glatt wie der Fußboden, als hätte sich niemals etwas geknäuelt.

Mit langsamen Schritten ging er zum Spiegel, wie er das immer tat, wenn ihn eine Krise befiel. Ein Gesicht, so lang und hager wie das seines Vaters, starrte ihm entgegen. Sein Rücken war auf einmal gebeugt, was er am Morgen noch nicht gewesen war. Es kam ihm vor, als läge der Morgen ein Jahr, zehn, zwanzig oder noch mehr Jahre zurück; so lange hatte er vor keinem Spiegel mehr gestanden. In seiner jüngsten Erinnerung war er immer noch der junge Mann mit straffen Muskeln und kraftvollem Körper, hoch erhobenem Kopf und geradem Rücken. Wenn er sich selbst umschlungen hielt, war es ihm, als hielte er die Welt in seinen Armen; und nachts hielt er sie umschlungen, als wäre sie die ganze Welt.

Sie arbeiteten beide in der gleichen Firma in Alt-Kairo. Wie ein sonnenbeschienener Weg lag ihr Leben vor ihnen. Und wenn er seine Arme um sich selbst schlang, kam es ihm vor, als hielte er die Welt umschlungen. Die ganze Welt gehörte ihm, wie auch sie ihm gehörte, wenn er sie in seinen Armen hielt. Die Freude am Besitz hatte etwas Prickelndes für ihn und war greifbare Gegenwart.

Außer dem Universum und ihr besaß er nichts. Als sein Vater starb, erbte er nichts als ein gerahmtes Bild von ihm, das sich ihm eingeprägt hatte und an der Wand hing. Auf dem Bild war sein Vater im Abendanzug zu sehen, wie er gerade – die Beugung des Kopfes folgte der Linie des Rückens – mit ausgestreckter Hand einen Orden in Empfang nahm.

Nie zuvor hatte er seinen Vater in gebeugter Haltung gesehen. Wenn er sich erhob, wirkte er groß und stolz, war sein Rücken gerade, sein Kopf hoch erhoben. Wenn seine Schulkameraden mit ihren Vätern und deren Besitz prahlten, brüstete er sich damit, einen Vater zu haben, dessen Kopf und Rücken sich vor niemandem beugten.

Mit ihren Müttern gaben seine Freunde jener vergangenen Zeit niemals an; keiner von ihnen erwähnte auch nur ihren Namen. Doch er war insgeheim stolz auf seine Mutter, denn sie schaute keinen anderen Mann als seinen Vater an und hörte erst auf zu arbeiten und zu werkeln, als sie auf der Bahre hinausgetragen wurde. Nie wurde sie laut, ihre Stimme war ein Flüstern; sie trat so leise auf, daß ihre Schritte vom Rascheln ihres Gewandes übertönt wurden. Mußte sie einmal niesen, hielt sie die Hand vor die Nase und bat beschämt um Verzeihung.

Wie sein Vater war auch seine Mutter ganz plötzlich gestorben. Sie schlief auch nicht. Lag sie im Bett, beanspruchte sie dicht an der Wand gerade so viel Platz, wie ihr Körper brauchte. Wenn sein Vater nach Hause kam, stand sie auf und schlief nicht wieder, ehe er schlief. Sie starb auch nicht, bevor er gestorben war. Seine gesamte Kleidung legte sie in eine Holzkiste unter dem Bett.

Obenauf lag sein Abendanzug mit dem an der Brust befestigten Orden, umgeben von weißen Mottenkugeln.

Er schloß seine Augen, öffnete sie wieder und sah sich immer noch vor dem Spiegel stehen, in einem Abendanzug, der dem seines Vaters glich und einer Scheibe an der Brust, die wie ein Orden glitzerte. Sein Gesicht war so bleich wie das seines Vaters, als er starb. Das Bett hinter ihm war immer noch so glatt wie der Fußboden, als hätte sich niemals etwas darin geknäuelt, als hätte sie niemals darin geschlafen. Jede Nacht schlief sie sonst mit dem Rücken zu ihm, dem Gesicht zur Wand auf ihrer rechten Seite, zusammengerollt, wie auch seine Mutter geschlafen hatte: mit vor der Brust verschränkten Armen, an den Bauch gezogenen Beinen und unter die Decke gestecktem Kopf, so daß nichts von ihr zu sehen war.

Ihr schlafender Körper gab ihm das sichere Gefühl ihrer ewigen Treue und erfüllte ihn mit solchem Selbstvertrauen, daß er insgeheim fast so stolz auf sie gewesen wäre wie auf seine Mutter, wäre das nicht passiert.

Er schloß die Augen, wie er so vor dem Spiegel stand. Ihr Bild vor seinem geistigen Auge löste sich auf, und er vergaß, was geschehen war. Er erinnerte sich und vergaß wieder – hundertmal, tausendmal. Er erinnerte sich, vergaß und erinnerte sich wieder. Er sah sie vor sich: nicht, wie sie in ihrem Bett schlief, sondern wie sie saß – nicht zusammen mit ihm oder mit ihrem Bruder, ihrem Vater oder sonst einem männlichen Angehörigen der Familie, niemandem aus der Nachbarschaft, nicht einmal aus dem Inland, sondern mit einem ausländischen Mann, einem völlig Fremden, der kein einziges Wort Arabisch sprach.

Sie hatte ihr rotes Hauskleid aus Nylon nie gemocht, sondern das alte himmelblaue aus Baumwolle, das mit weißen Jasminblüten bestickt war, vorgezogen. Es war jenes, das sie nur für ihn getragen hatte, wie auch das

Leuchten in ihren Augen nur ihm gegolten hatte vor der Hochzeit. Nach der Hochzeit war das Leuchten manchmal da und manchmal nicht, bis es schließlich erlosch. Er wußte nicht, warum es verschwunden war, aber seitdem war er beunruhigt, und eine Art Mißtrauen war in ihm erwacht, wieder eingeschlafen und aufs neue erwacht. Immer, wenn das Leuchten in ihre Augen zurückkehrte, schaute er sich ängstlich um; und entdeckte er dabei ein geöffnetes oder halb geöffnetes Fenster, vermutete er einen Mann dahinter.

Er war in Gedanken in dem kleinen Appartement in Alt-Kairo. Die Häuser standen dicht bei dicht; die Fenster der Nachbarwohnungen waren tagsüber entweder weit offen oder ganz geschlossen. Nur ein Fenster war ständig halb geöffnet oder halb geschlossen, die Fensterläden davor waren genau so alt und verwittert wie das Gesicht, das dahinter herausschielte. Aber es war das Gesicht eines Mannes, und ein Mann, davon war er überzeugt, stellte sich nicht ans Fenster, außer, um Frauen nachzustarren.

Sie stand niemals am Fenster, außer an ihrem freien Tag, dem einen Tag in der Woche, an dem sie nicht in die Firma ging. Das Fenster war klein, die Scheibe zerbrochen und mit Brettern vernagelt. Erst kurz vor Sonnenuntergang konnte sich ein dürrer Sonnenstrahl zwischen den benachbarten Häuserwänden hindurchstehlen und fiel auf das Fensterbrett. Wenn sie ihre Hände ausstreckte, konnte sie den Strahl berühren, bevor er wieder verschwand. Im Winter fühlte er sich warm an, war orangefarben und spiegelte sich in ihren Augen, so daß es aussah, als leuchteten sie. Wenn er dieses Leuchten sah, blickte er nervös um sich und nahm weder die Sonne noch den Sonnenstrahl wahr, sondern nur jenes halb geöffnete oder halb geschlossene Fenster, und er redete sich ein, daß es nur deshalb nicht ganz geöffnet war, weil die dahinterstehende Person hinausstarren wollte, ohne selbst gesehen zu werden.

Wie sein Vater fing auch er an zu brüllen, sobald er sich über etwas, und war es noch so belanglos, ärgerte. Doch er hatte nicht den geringsten Grund, sich über seine Frau zu ärgern, denn wie seine Mutter arbeitete sie pausenlos, im Haus oder in der Firma. Wie seine Mutter bewegte sie sich mit leisen Schritten und sprach mit leiser Stimme, die niemals laut wurde. Wenn er sie wütend anschrie, ließ sie es schweigend über sich ergehen. Aber eines gab es, das ihn in Wut versetzte: sie am Fenster stehen zu sehen. Im Grunde seines Herzens wußte er, daß sie wie seine Mutter war, und daß es für sie keinen anderen Mann außer ihm gab; aber wie für seinen Vater gab es für ihn keine Liebe ohne Mißtrauen, und er konnte sich nicht vorstellen, daß eine Frau am Fenster stand und nur die Sonne betrachtete.

Einmal schlug er sie, damit sie das Fenster schloß, und sie schloß es. Eine Woche verging, sie hatte ihren freien Tag, und er sah sie es wieder öffnen. Wieder schlug er sie, heftiger als zuvor. Er glaubte, daß die Wucht seiner Schläge die Wucht seiner Eifersucht ausdrückte, und daß die Wucht seiner Eifersucht die Wucht seiner Liebe bezeugte, und daß sie glücklich sein müsse, glücklich, wie seine Mutter es war, wenn sein Vater sie schlug. Doch sie war nicht glücklich.

Sie war nicht glücklich, als er ihr das rote Nylonhauskleid kaufte, sondern sie zog weiter das alte, blaue Baumwollkleid vor. Als sie in die große Wohnung in Maadi zogen, sah er sie nicht glücklich. Als sich sein Gehalt verdoppelte und er sie ihre Stelle aufgeben hieß, war sie nicht glücklich. Als ,Onkel Othman' in ihren Haushalt kam und sie nicht mehr zu kochen, zu waschen oder zu putzen brauchte, waren bei ihr keine Anzeichen von Glücklichsein oder Zufriedenheit zu sehen.

Er schlug die Augen auf und sah sich immer noch vor dem Spiegel stehen mit einem Gesicht, so lang und hager wie das seines Vaters, mit dem gleichen krummen Rücken, dem Abendanzug, der dem seines Vaters glich, mit der runden Scheibe an der Brust, die glitzerte wie ein Orden. Sie war nicht aus Metall, sondern aus grünem Gewebe, auf dem in weißen, glänzenden Nylonbuchstaben stand: *Transnational*.

Es waren sonderbare, in einer fremden Sprache geschriebene Buchstaben, und es kam ihm vor, als hätte er sie noch nie zuvor gesehen und als entdeckte er das Abzeichen an seiner Brust heute zum ersten Mal. Er trug den Namen der neuen Firma. Seit zehn Jahren ging er jeden Tag dorthin und hatte sich die ganze Zeit nicht im Spiegel betrachtet. Zeit war Geld, jede Minute war kostbar und wurde im Computer registriert. Er bekam sein Gehalt in Dollars ausbezahlt, auf seinem stoffbespannten Schreibtisch stand ein Telefon mit Wahlwiederholung, das Nummern speicherte mittels Tasten, die fast von allein funktionierten, bevor sie berührt wurden, und das Glas der Fensterscheibe war importiert, diese getönte Sorte, durch die man hinaussehen konnte, ohne selbst gesehen zu werden, und das Neonlicht strahlte so hell wie zehn Lampen.

Wenn sie im Licht saß, schimmerte ihr rotes Nylonkleid seidig. Am Ausschnitt war es zart wie ein Ameisennest gerüscht, wurde um die Taille unter einem breiten Samtgürtel enger und wirbelte um ihre Beine wie die Blätter einer Lotosblüte.

Wunderschön!

Dieses in einer fremden Sprache gesprochene Wort klang in seinen Ohren, als hörte er es zum ersten Mal, als würde er erst jetzt begreifen, was es bedeutete, als würde ihm erst jetzt klar, was damit gemeint war und daß die

Person, die es aussprach, ein Mann war, ein Mann, der weder ihr Ehemann noch ihr Bruder noch ihr Vater oder sonst ein männliches Mitglied ihrer Familie, ihres Wohnvierteln oder ihres Landes war, sondern ein vollkommen fremder Mann mit rosafarbenem Gesicht, langer, gebogener Nase und einer Sonnenbrille mit reflektierenden Gläsern vor den Augen, durch die er alles sehen konnte, ohne daß jemand seine Augen sah.

Sie saß vor ihm und trug ihr rotes Nylongewand. Zum ersten Mal bemerkte er, daß es durchscheinend war. Er saß ihr gegenüber, betrachtete sie, sah sie an. Schlimmer: er sah sie nicht nur an, er entdeckte ihre Schönheit; und noch schlimmer: er entdeckte sie nicht nur, sondern sagte es auch laut. Und sie saß ihm gegenüber, hörte ihm zu, wurde nicht ärgerlich und regte sich nicht auf. Sie schien nicht empört zu sein, sondern blieb sitzen, nickte, als wäre sie erfreut und sagte laut in englischer Sprache: Vielen Dank.

Er begriff, daß ihr Dank dem galt, der vor ihr saß. Sie blieb sitzen, erhob sich nicht und wurde nicht ärgerlich. Er blieb ihr gegenüber sitzen und flirtete mit ihr. Einer Frau zu sagen, daß sie schön sei, war in seinen Augen Flirt. Und sie war nicht irgendeine Frau, sie war seine Ehefrau. Und er war nicht irgendein Ehemann, sondern ein Mann, hart wie sein Vater, der es niemandem gestattete, seine Frau zu sehen, nicht einmal durch die Fensterläden hindurch, geschweige denn Auge in Auge; der es niemandem gestattete, ihr die Hand zu schütteln oder laut mit ihr zu flirten, während er dabeisaß, ohne aufzustehen und ihm oder ihr eine Ohrfeige zu geben oder wenigstens seine Empörung und Verärgerung zu zeigen. Nein, er saß einfach nur da, ohne zu protestieren, ohne ein Zeichen der Verärgerung im Gesicht. Wann immer seine Augen die ihren trafen, nickte und lächelte er freundlich.

Er schlug seine Augen auf und sah sich immer noch vor dem Spiegel stehen. Er lächelte noch immer, doch sein Gesicht war hager und bleich wie das seines Vaters, als er starb. Sein Rücken war noch gebeugter als zuvor, und er straffte den Oberkörper, damit man es nicht sah. Aber es ließ sich nicht verbergen, es blieb sichtbar. Er spannte auch die Gesichtsmuskeln an, um das Lächeln zu verbergen; doch es verschwand ebensowenig. Er bewegte seine Füße, um aufzustehen und den Raum zu verlassen, aber er konnte sich nicht erheben. Auch sie blieb sitzen. Er erwartete, daß sie aufstehen und gehen würde, doch sie tat nichts dergleichen, blieb sitzen, nickte und sagte in englischer Sprache: Vielen Dank.

Die Worte bohrten sich in seine Ohren wie ein Pfeil, setzten sich in seinem Kopf fest wie ein greifbares Beweisstück, das ihre ewige Treulosigkeit bestätigte, gerade so, als habe sie ihn schon immer betrogen – nach der Heirat, vor der Heirat, seit sie auf der Erde lebte, seit Bestehen der Erde.

Ihre Treulosigkeit traf ihn so überraschend wie der erste Schlag in sein Gesicht. Er glaubte von sich, daß er ihn mit einem härteren Schlag erwidern würde. Seine große Hand holte aus, zitterte ein wenig und verharrte zögernd. Um ein Haar wäre sie in seinem Gesicht oder in dem seines Vaters gelandet, aber dann fiel ihm wieder ihre Treulosigkeit ein und, wütend über sich selbst und seinen Vater, schleuderte er ihr seine große Hand ins Gesicht.

Er öffnete jäh die Augen und sah sich noch immer vor dem Spiegel stehen. Sein Gesicht war noch immer so lang und hager wie das seines Vaters, aber es hatte sich in zwei lange, hagere Gesichter mit einer dicken Linie dazwischen geteilt. Seine rechte Hand streckte sich vor ihm aus, auf ihr war ein dünner Streifen in der Farbe des Blutes.

Bek: Höfliche Anrede für eine hochgestellte Persönlichkeit.

Effendi: Übliche Anrede für Büroangestellte.

Feddan: Ein Flächenmaß.

Galabia: Langes, weites Gewand, das sowohl von Frauen wie von Männern in Ägypten getragen wird.

Huri: Paradiesjungfrau im islamischen Glauben.

Imam: Muslimischer Geistlicher.

Kuffiya: Kopfbedeckung ägyptischer Männer.

Omda: Dorfvorsteher, Bürgermeister.

Ta'amia: Ägyptisches Nationalgericht; in Öl gebratene Frikadellen aus gemahlenen Bohnen und Kräutern.

Nawal el Saadawi bei CON

Tschador
Frauen im Islam
224 Seiten, 24,80 DM

Das erste Buch von Nawal el Saadawi in deutscher Sprache.
Der thematische Bogen ist sehr weit gespannt: von sexueller
Agression gegen Mädchen über Klitoris-Beschneidung bis
zu Liebe und Sexualität im Leben der Araber oder Ehe und
Scheidung. Die persönlichen Beziehungen stellt die Autorin
stets im gesamtgesellschaftlichen Kontext dar, der in erster
Linie geprägt ist durch den Islam in seiner chauvinistischen
Auslegung, den Kolonialismus und neokolonialistische
Beziehungsgeflechte.
„Das Standartwerk zum Thema." *(Emma)*

Der Sturz des Imam
Roman
192 Seiten, gebunden mit Schutzumschlag, 34,00 DM

„Diese Erzählung gleicht keiner mir bekannten: Sie ist wie
ein Gedicht, eine Ballade der Trauer. ...in hypnotisierenden
Wiederholungen kreist sie um den Augenblick, als eine Frau
im Namen des Glaubens von Männern getötet wird, die sie
mißbraucht haben. Ein wunderbares Buch, ich hoffe, es wird
von vielen gelesen." *(Doris Lessing)*

Eine Frau auf der Suche
Erzählung
144 Seiten, gebunden, 26,00 DM

Die Geschichte von Fouada, einer jungen, großstädtischen
Frau aus Kairo, die auf der Suche nach Farid, ihrem ver-
schwundenen Freund, durch die Stadt und gleichzeitig
durch ihr Leben irrt und versucht, sich über ihre privaten
und beruflichen Perspektiven klar zu werden.